冬の風鈴

日暮し同心始末帖③

辻堂 魁

祥伝社文庫

目次

『冬の風鈴』の舞台

北
西
東
南
不忍池
五条天神
湯島天神
下谷広小路
大川
吾妻橋
本所
口入れ屋「梅宮」
筋違御門
小伝馬町
両国橋
竪川
呉服橋御門
一石橋
日本橋
江戸橋
小網町
小料理屋「桔梗」
北町奉行所(呉服町)
小野派一刀流道場(日本橋)
八丁堀
永代橋
富久町
深川
大島町
永代寺
深川八幡
入船町

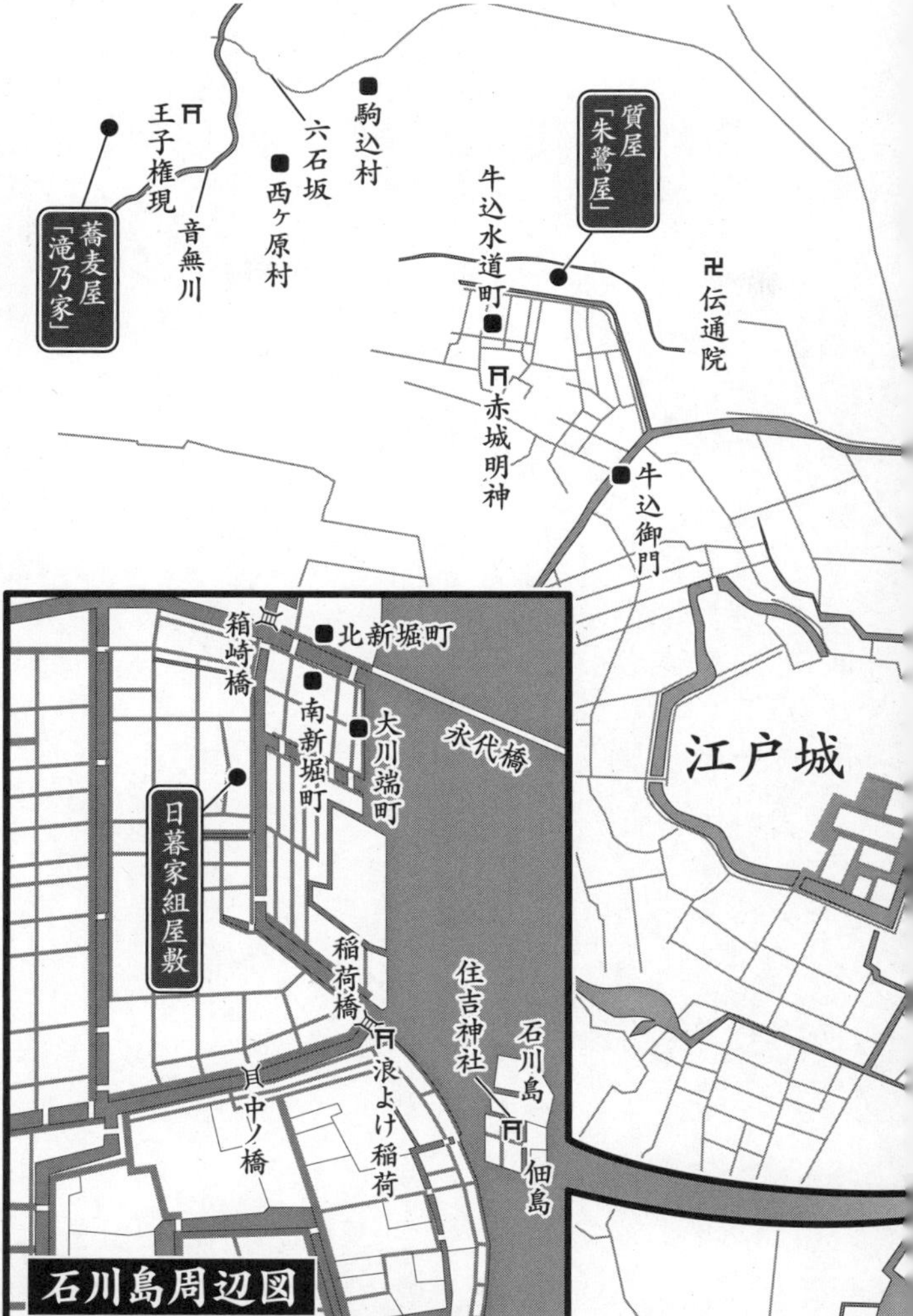

質屋「朱鷺屋」
蕎麦屋「滝乃家」
王子権現
音無川
六石坂
駒込村
西ヶ原村
牛込水道町
伝通院
赤城明神
牛込御門
江戸城
北新堀町
箱崎橋
南新堀町
大川端町
永代橋
日暮家組屋敷
稲荷橋
住吉神社
石川島
浪よけ稲荷
中ノ橋
佃島
石川島周辺図

地図作成／三潮社

序　三年三月《さんねんみづき》

小石川小日向《こいしかわこひなた》の質屋朱鷺屋長左衛門《ときやちょうざえもん》が、赤城明神下牛込水道町《あかぎみようじんしたうしごめすいどうちょう》の妾宅《しょうたく》へ押し入った賊《ぞく》に金と命を奪われてから、三年と三月《みづき》がたった。

文化《ぶんか》十四年（一八一七）四月下旬も末に近い朝、佃島《つくだじま》の住吉《すみよし》神社境内《けいだい》では、春蟬《はるぜみ》が松の樹林で気恥ずかしげに夏の訪れを告げていた。

真夏の酷暑にはまだ早いけれど、照りつける日差しが、石川島人足寄場《いしかわじまにんそくよせば》役所の玄関から表門までの砂利《じゃり》道に、その日の刺々《とげとげ》しい暑さを予感させる日溜《ひだま》りを作っていた。

六間《けん》（約一〇・八メートル）幅の表門両脇に設《もう》けた見張番所門詰めの番人が、門を開いて懲治《ちようじ》を終えた人足らが門外石段下の、御用と記した幟《のぼり》を艫《とも》にたてた大茶船《ちゃぶね》に乗りこむのを待っていた。

元締《もとじめ》と見張番、役付の人足に見守られ、人足らは娑婆《しゃば》にやっと出られる嬉《うれ》しさに少しは晴れやかな顔つきになり、人足仲間の髪結《かみゆい》に剃《そ》ってもらって青々とした月代《さかやき》を役人のひとりひとりにさげ、草鞋《わらじ》や草履《ぞうり》を石畳《いしだたみ》に鳴らした。

無宿《むしゅく》には何々国無宿（生国《しょうごく》に人別があり物乞《ものご》いなどの境涯に落ちた者）と当時無宿（法律上の帳外《ちょうがい》ではなく、いっとき、物貰《ものもら》いなどに身を落とした者、例えば勘当された不肖《ふしょう》の倅《せがれ》）がある。

それらの無宿の原籍地の引き合い（訊《たず》ね）があった折り、町や村では人別があっても面倒を嫌って、帳外の者と無宿扱いにしてしまうことがある。

石川島人足寄場にはそのような原籍のない無宿者を、罪のある無しにかかわらず捕まえて収容した。

四百人を超える無宿人が、総矢来《やらい》二百四十九間五尺《しゃく》七寸《すん》（約四五二メートル）が囲う寄場に収容され、三人の元締ほか総勢三十二人が獄吏《ごくり》の役目に就《つ》いている。

石川島人足寄場の懲治期間は三年が目途《めど》である。

しかし改悛《かいしゅん》の情が著《いちじる》しく、身寄りの者が「お慈悲願い」を出すと、期間が縮まる場合もあるが、逆の場合もある。

大旨《おおむね》三年の懲治期間内に手に職をつけさせ、懲治を終えた後、積みたてておいた賃銭（三分の一を預かり三分の二を本人に渡す）や仕事を始めるための元手を与え、国元へ戻すなり江戸市中に家を持たせるなどして解き放つのである。

四月のその日、常州《じょう》無宿鉢助《はちすけ》は水玉《みずたま》人足と呼ばれる柿色に白の水玉のお仕着《しき》せをめくら縞《じま》の長着《ながぎ》に替え、わずかな身の廻りの品と肌着に懲治仕事で積みたてた賃銭五貫（約四八〇〇文）を包んだ風呂敷包みと竹笠《たけがさ》を提《さ》げ、青空の下の表門をくぐった。

その朝、解き放ちになる十三人の人足らが石段をおり大茶船へ乗りこむと、表の間の水手《かこ》がすぐにかけ声を響かせて岸の石畳に竿《さお》を突き、艫の間の船頭が櫓《ろ》を櫓床に鳴らし始めた。

人足寄場の役人らは、大茶船が石段下の桟橋《さんばし》を離れるのを見届けてから門内へ消え、両開きの戸が重々しく閉じられた。

洲崎《すさき》のほうの朝の海が穏やかに、明るい日差しを浴びて青く輝いていた。

彼方《かなた》の房総《ぼうそう》の海には、波間に釣り船の白い帆が小さく浮かんでいた。

大茶船は、深川浜《ふかがわはま》通りの岸辺を東に見て、対岸の北新堀大川端《きたしんぼりおおかわばた》町の船着場までわずかな水路をかきわけていく。

胴の間と狭《はざ》の間にわかれて乗った人足らは板子《いたご》に坐りもせず、三年あまりをすごした石堤の切岸《きりぎし》と竹矢来に囲われた人足寄場を、呆《ほう》けた顔つきでとき折りふりかえった。

みな閉じられた門を眺《なが》めながら、三年のときが長かったのかすぎてしまえば短かったのか、懲治を終えた安堵《あんど》と空虚のひとときに耽《ふけ》っているかのようだった。

白千鳥が大川端町の岸辺を、ぴっぴっぴ……と鳴きながら飛び交っていた。

鉢助は竹笠をかぶり、めくら縞の着流しを裾端折《すそはしょ》りにした。

手荷物の風呂敷包みを腰に巻きつけ、臍《へそ》の前でぎゅっと結んだ。

それから、顎《あご》に目だつ疣《いぼ》を軽く触った。

生国の常州は小妻《おづま》村に戻ると人足寄場の役人には伝えていたが、常州は偽《いつわ》りで、真《まこと》の生国は上州《じょう》だった。

ただ、今さら戻る国などどこにもないのだから、偽りだろうが真だろうがどうでもいいと、鉢助はすねた苦笑いを薄い唇に浮かべた。

ともかく、今夜は京橋《きょうばし》筋まで出て角町《すみ》か柳《やなぎ》町の女郎屋で人足寄場暮らしの間に溜った垢《あか》を落とし、あとのことは明日になってから考えることにした。

鉢助は、ふっと三年三月前のあの夜の男の顔を思い出した。

本当の名前は知らない。

背が高くて陰気な用心棒だった。

だが、口下手《べた》な鉢助が賭場《とば》で心を許した唯一《ゆいいつ》の仲間だった。

名前なんてどうでもいい。おれも今は鉢助だしな。

とにかく、信じられる仲間が必要だった。

鉢助は人足寄場に噂《うわさ》すら聞こえてこなかった男のその後に、一片の疑いも抱かず思いを廻《めぐ》らせた。

約束の三年なんてあっという間だ。近々いくからな。女房を可愛《かわい》がっているかい。餓鬼《がき》は無事に生まれたかい。

ぴっぴっぴ……

白千鳥が鳴いて、鉢助の思いを遮《さえぎ》った。

北新堀大川端町の河岸場《かしば》から堤道にあがった鉢助は、娑婆の風を思いきり吸った。

土手蔵の並ぶ往来を何気なくゆき交う人の賑《にぎ》わいも三年ぶりだし、役人に命令されることのない気ままさはやはり気分がよかった。

人足らが互いに小さな会釈を交わし合い、それぞれ思う方角へ散っていくのを見送ると、遅れて鉢助もゆるゆると北へとった。

北新堀町から箱崎橋《はこざきばし》の架《か》かる箱崎町の界隈《かいわい》は、塩問屋や酒問屋の多い町である。

新堀端の往来を日本橋《にほんばし》までゆき、日本橋を渡って、京橋川の方へ大通りをたどるつもりだった。

ともかくも、のんびりと歩ける気ままさを噛《か》み締《し》めた。

くよくよ考えるのは、好きではなかった。

《よく、がまんしたぜ》

と自分に言いつつ、箱崎橋が前方に見えてきたときだった。

「伝七《でんしち》、久しぶりだな」

と、誰かに声をかけられた。

鉢助は、一瞬、自分のことだとは思わず、声の方へ顔を廻した。

土手蔵の酒樽《さかだる》を積んだ軒下にいる男が、鼠《ねず》色の着流しに懐手《ふところで》をして、鉢助をじっと見つめていた。

鉢助は気ままな気分に冷水を浴びせられた。

あ、こいつ、なんでここにいるんだ。名前はなんだったっけ。

鉢助は咄嗟《とっさ》に記憶をたどった。

男は瞬《まばた》きもせず、雪駄《せった》を鳴らして近寄ってくる。

「ずいぶん、待ったぜ」

男は陰湿な口調で言った。

甲高《かんだか》い声が不気味だった。肝《きも》が縮み、全身が凍《こお》りついた。

「見忘れたかい。それとも人違いですってか。そうはいかねえぜ」

男はそこで酷薄《こくはく》そうに笑い、歯の抜けた赤い口の中を見せた。

鉢助は後退《あとじさ》りした。

後退りながら、どうする、どうしたらいい、と空《むな》しく考えた。

と、後退る背中へ、どん、と何かがぶつかった。

あ——ふり向いた鉢助は声をこぼした。

肉づきのいい大柄に大黄《だいおう》色の小袖《こそで》をゆるく着流し、二本を博多《はかた》帯にざっくりと差した侍が、五尺五寸（約一六五センチ）の鉢助を見おろしていた。

「伝七、三年三月ぶりだな」

侍の頰骨《ほおぼね》と顎の骨が張った浅黒い顔面に、血走った眼が炯々《けいけい》と光っていた。

翌朝、まだ夜明けには早い八ツ半(午前三時頃)、佃島イナ漁の漁師駒吉《こまきち》が船先の滑車で四ツ手網を引きあげたとき、漁《いさ》り火《び》の照らす丸い水面《みなも》に、網に引っかかった人の身体が、うつ伏せになってふわっと浮きあがってきた。

「うわあっ」

駒吉は滑車から手を離し、板子に尻餅《しりもち》をついた。

滑車の鎖がじゃらじゃらと音をたてた。

暗闇の向こうで人魂《ひとだま》のように漁り火が燃える仲間の漁師船より、

「どうした。駒吉、でえじょうぶか」

と声がかかった。

「てえへんだ。こ、こっちへきてくれ。人が、人が浮いてる」

駒吉は闇の彼方に喚《わめ》き、それから、なんまいだぶなんまいだぶ……と口の中で唱え、手をすり合わせた。

第一話　春蟬《はるぜみ》

一

北町奉行所平同心日暮龍平《きたまちぶぎようしよひらどうしんひぐれりゆうへい》は、宿直《とのい》の同心が使う寝所の布団《ふとん》の中で、表門を叩《たた》く音に続き、男と門番が交わす声を聞いていた。

言葉は聞きわけられないものの、火急《かきゆう》の事態らしい様子は夜の帳《とばり》を震わせる声の調子から伝わってきた。

宿直の同心は、古参者の年寄《としより》同心、書記の物書《ものかき》同心、分担のない平同心が各一名ずつ務め、真夜中でも訴えの庶務受け付けを分担する。

当然、火急の出役《しゆつやく》は平同心の龍平の役廻りである。龍平は布団の中で上体を起こし、表門のやりとりに聞き耳をたてた。

十二畳の座敷に離れて布団を並べた年寄も物書も、下番《かばん》が起こしにくるまでは心地よさげないびきをかいている。

龍平は起きて布団を畳《たた》み、細格子の白衣《びやくえ》を整《ととの》え、紺《こん》の足袋《たび》、紙入、手控帖《てびかえちょう》、矢立《やたて》を確かめ、北町の白縄、朱房《しゆぶさ》のついた十手《じつて》と黒鞘《くろさや》の差料《さしりよう》を博多《はかた》帯へかんぬきに差し、それから夏用の絽《ろ》の三つ紋黒羽織《くろばおり》を羽織《はお》った。

指先で鬢《びん》のほつれを耳の後ろへ梳《す》きあげ、小銀杏《こいちよう》を少し直した。

寝所の玄関から外へ出たとき、千草の股引《ももひき》に黒脚半《くろきやはん》の中間《ちゆうげん》が奉行所の手丸提灯《てまるぢようちん》を提《さ》げて表門の方から小走りに現れた。

中間は龍平に頭《こうべ》を垂れた。

「佃島の自身番《じしんばん》より、検視《けんし》のお願いでございます」

龍平は敷きつめた小砂利を雪駄《せった》の下で鳴らし、短く訊《き》いた。

「何があった」

「佃島の海に仏《ほとけ》があがりました」

中間は小砂利を歩む龍平の足元を照らしつつ言った。

表門の庇下《ひさしした》に紺看板に梵天《ぼんてん》帯の門番二人と、佃島漁師町の自身番の提灯を提げた町《ちよう》役人が龍平を待っていた。

「お役目、ご苦労さまでございます」

門番が言い、町役人が頭をさげた。

「仏は男か女か」

「男でございます。三十代くらいの」

町役人はこたえた。

「いこう」

龍平は表門右手の小門を先にくぐった。

表門前の通りは、夜明け前の暗闇に包まれていた。

昼間は公事人《くじにん》の待つ腰かけ茶屋の小屋が、通りの静寂の中に黒くうずくまっていた。

北町奉行所の海鼠塀《なまこべい》の周囲を小堀が廻《めぐ》り、龍平は堀に架《か》かる板橋の部厚い橋板を鳴らした。

呉服《ごふく》橋御門へ向かう暗い通りを町役人が先に立って提灯の明かりを照らし、手丸提灯を提げた中間は龍平の後ろに従った。

「呉服橋の河岸《かし》場《ば》に船を止めております。佃島まで船で」

町役人が言った。

船は佃島の小形の荷足船だった。

町役人、龍平、中間の順に船に乗りこむと、手拭《てぬぐい》で頰《ほお》かむりをした船頭がすぐに櫓《ろ》を漕《こ》ぎ出した。

町役人は船先について手丸提灯で川面《かわも》を照らした。

呉服橋の袂《たもと》から日本橋川へ出て、一石橋《いっこくばし》、日本橋、江戸《えど》橋、とくぐり、小網《こあみ》町と南茅場《みなみかやば》町、南北の新堀町をすぎ、永代《えいたい》橋袂の暗い大川へ滑り出た。

川向こうの深川《ふかがわ》も暗闇の底で眠っている。

船縁《ふなべり》を叩く波音と櫓の軋《きし》みだけが、大川の静寂をかすかに破っていた。

大川を佃島の方へくだってすぐに、河口の石川島と佃島の島影が夜の帳の先にぼうと浮かび出てきた。

そこはもう江戸の海で、闇の気配にほのかな潮《しお》の臭《にお》いが嗅《か》げた。

やがて佃島の河岸場の常夜灯と、幾つかの提灯の灯と人影を認めた。

桟橋《さんばし》から河岸場の雁木《がんぎ》をあがった龍平のために、町役人らが莚《むしろ》をかぶせた骸《なきがら》の囲みを解《と》いた。

「お役目、ご苦労さまでございます」

町役人らが口々に言った。

幸い、河岸場周辺の町家は寝静まっていて、野次馬は集まっていなかった。

野良犬が一匹、闇に光る目を龍平らに向けていた。

龍平は骸の側へかがみ、莚をめくった。

提灯を持った周りの町役人らの間から、「う」と声があがった。

遺体の土色の顔は、どす黒くみみず腫《ば》れに腫れあがり、左半分が陥没して歪《ゆが》んでいた。

明らかに手酷《てひど》い暴行を受けた痕《あと》で、溺死《できし》の土左衛門《どざえもん》ではなかった。

おそらく暴行を受け殺されてから、川か海に投げ捨てられたと思われた。

しかし、月代《さかやき》が綺麗に剃《そ》ってあった。

海に漂っていたせいか腐臭はないが、硬直が始まって、かなりたっていた。

硬直は一刻《いっとき》（約二時間）から一刻半（約三時間）ほどで、徐々に始まる。

今は朝七ツ（午前四時頃）すぎ。ということは殺された刻限は夜中の九ツ（午前零《れい》時）ごろと、龍平は推量した。

それから骸の口をこじ開けた。歯はぼろぼろで、歯茎に黒い血が固まっていた。その歯に糸屑《いとくず》のようなものが絡《から》まっていた。

「明かりを近づけてくれ」

周りの提灯が近づき、土色の顔が生きているように白く光った。

歯の間に挟まっていた糸屑を摘《つま》んだ。

「手拭の端布《はぎれ》だ。おそらく、手拭で猿轡《さるぐつわ》を噛《か》まされ、歯がぼろぼろになるまで殴られたんだろう」

「追剝《おいはぎ》か、強盗に襲われてこんな目に遭《あ》わされたんでしょうか」

町役人のひとりが訊《き》いた。

「盗み目当ての追剝や強盗が、こんな手間のかかる殺し方はしない」

次に瞼《まぶた》を開いた。

瞳孔《どうこう》が開いて、灰色の目が龍平を見あげた。

「恨みか、何かわけありだ。仏の帯をほどくから手伝ってくれ」

龍平は骸の身体を起こしながら中間に言った。

ええっ、と中間が怯《ひる》んだ。

周りの提灯もさがった。

「大丈夫だ。死ねば人はみな仏だ。化けて出たりはしない」

中間が恐る恐る手を伸ばし、ぎゅっと目を閉じて身体を横向きに支え、龍平が木綿の粗末な小倉《こくら》帯を解《と》いた。

遺体を仰向《あおむ》けに戻し、めくら縞《じま》の単衣《ひとえ》をはだけた。

白い下帯ひとつの全身が、周りの提灯の灯に照らされた。

片方の足に草鞋《わらじ》、もう片方は裸足《はだし》だった。

皮膚の内側が破れたひどい痣《あざ》が、土色の全身に彫物のように走っていた。

腕や手首には、縄でぐるぐる巻きにした痕が残っている。

ひとりではない。何人かが同時に周りから棒状の得物《えもの》でめった打ちにしたのは明らかだ。

龍平は十手で遺体のおおまかな背丈を計った。

「五尺五寸（約一六五センチ）ほど。痩《や》せ形。年は二十代後半から四十。人相の特徴は……」

龍平は呟《つぶや》きつつ、胸、腹、急所、足、身体をかえして背中、尻、腕と細かく調べていった。

骸は顎《あご》にちょっと目だつ疣《いぼ》があった。

「この疣は目だつな」

身元を割り出す人相の徴《しるし》になると思われた。

龍平の作業を見守る町役人らの、息を呑《の》む音が聞こえた。

「見ろ。指先が潰《つぶ》されている。あばらも折れているな」

耳から血が流れ、それも固まっていた。ただ刀傷はなかった。

「こんな手口は見たことがない。仏は相当長い間、痛めつけられたんだろう」

中間は目をつむったまま、びくびくして頷《うなず》いている。

龍平は十手を手控帖と矢立の筆に持ち変え、骸の身なりや顎の疣など、人相の目だった点を書き留めた。

持ち物と思える物は、何ひとつ見つかっていなかった。

顔もこれほど潰して、なるべく素性が割れないようにしたとも考えられた。

「仏を最初に見つけた者はいるか」

「あっしでござい やす」

漁師の駒吉が腰を折った。

「見つけたときの様子を話してくれ」

へい、半刻（約一時間）ほど前……と四十半ばの駒吉は、骸が四ツ手網に引っかかって浮きあがってきたときの経緯《いきさつ》を語った。

「今から半刻前だな。ほかに仏の物らしい何かが、網に引っかかったり、周辺に浮いていなかったか」

「気がつきやせんでした。海は暗いし、仏を船へあげるのに手いっぱいで。権爺《ごんじい》に手伝ってもらってやっとだったもんだで」

権爺という白髯《しろひげ》の漁師が頷いた。

「仏に見覚えのある者は、誰かいないか」

町役人たちは顔を見合わせたが、みな見覚えがない。

龍平は骸の着物を直し、莚をかぶせた。

「仏を自身番へ運んで、ご苦労だが、町役人さんらで埋葬の手間をとってくれ。腐乱が始まる前に葬《ほうむ》るしかない。夏場は早い」

月番の町役人が「承知いたしました」と頭を垂《た》れた。

「それと、人手を集めてもらいたい」

と龍平は暗い海に眼差《まなざ》しを投げた。

海風がやわらかく吹いて涼しく、沖の暗闇にまだ漁《いさ》り火が散らばっていた。

暗闇の先に西から北へと眼差しを廻し、鉄砲洲《てっぽうず》あたりへ見当をつけ、奥二重《ぶたえ》の目を凝らした。

町役人らもそれに合わせて顔を廻らせ、龍平の指示を待った。

「仏の硬直が始まるのが一刻より一刻半ぐらい……として、この仏は硬直が始まってかなりたっているから、長く見て二刻（約四時間）。駒吉が仏をあげたのが半刻前」

龍平は暗闇へ目を凝らしたまま、ぶつぶつと呟いた。

「駒吉さん、あんたが仏をあげたときの一刻半ほど前なら、仏はどこらへんを浮いていたと思う」

「あっしが仏をあげたときより一刻半前、でやすか」

駒吉が首をひねった。

「そうだ。あんたが仏を船にあげた一刻半ほど前に仏は殺されたと思われる。それから海か川に捨てられたとしたら」

「へえ、そうなんでやすか。なら川の流れ、潮の満ち干なんぞを考えて、仏がこう流されてあそこまでなら、ふうむ、永代橋から鉄砲洲あたりでしょう」

「うん。おれもそこら辺ではないかと思った。いいだろう」

龍平は町役人へ向いた。

「夜が明けたら、永代橋から鉄砲洲を中心に、南八丁堀《みなみはっちょうぼり》沿いの亀島《かめしま》川新堀、新川の自身番を廻って、仏の人相年ごろ、様子に見覚えのある者がいないか、周辺の町内のお店《たな》へ至急、訊きこみをやるように、北町からの指示だと伝えてもらいたい」

「ずいぶん広いですが、承知いたしました。仏の人相書で徴になるのは疣ぐらいでしょうかね」

「顎に疣があるのは徴になるが。ともかく、仏の素性を探り出す必要がある。初めの訊きこみが肝要だ。急いでくれ」

「仏の素性の手がかりが、つかめましたときは？」

「わかったことは奉行所に知らせてくれ。わたしは番所へ報告に戻る。それから南北新堀と大川端町の周辺を探ってみる」

つもりだが、この一件の掛《かかり》が平同心の龍平になるとは限らない。

では頼む――と龍平は町役人らへ目配せを投げ、河岸場の桟橋へおりた。

荷足船で待っていた船頭に言った。

「永代橋の袂までやってくれ」

「へえ。永代橋までよろしゅうごぜいやすか」

龍平と中間が船に乗りこんだとき、東の夜空が白く溶け始めているのに気づいた。夜明けが近い。

ふり向くと、佃島西方対岸の築地《つきじ》の向こうにお城を覆《おお》う杜《もり》が濃い灰色の空へ小山のようにせりあがって見えた。

「そこまででいい」

龍平は北の大川河口あたりの暗がりを見やった。

二

宿直明け前の朝五ツ半（午前九時頃）、龍平は勝手を通って下陣から年寄同心詰所《つめしょ》へあがった。

龍平が属する五番組頭《がしら》の梨田冠右衛門《なしだかんえもん》に呼ばれたのである。

「しつれい、いたします」

龍平は執務用の書案《しょあん》（机）に向かっている梨田の右後ろに控え、着座した。

「おう、夕べ、佃島に野郎の土左衛門が出たんだって。ご苦労だったな」

梨田が書案に開いた帳面から、龍平へ顔を廻した。

「土左衛門ではありませんでした。仏は酷い暴行を受けており、殺されてから大川の永代橋あたりか、周辺の堀に捨てられ佃島近くまで流されたと思われます」

梨田は、ふんふん、と首を小さくふった。

「殺しに、決まりなのかい」

「間違いありません」

机を並べている柳原友助《やなぎはらともすけ》が龍平へちらと向き、にやにやした。

詰所は、東方と南方を鉤《かぎ》形の落縁《おちえん》が廻り、杉戸の引き戸が開かれている。

落縁の先は砂利土間になっていて、大庇《おおびさし》が落縁と砂利土間に影を落とし、午前の静寂を重たくしていた。

南側の落縁が鉤形に折れた南隣が訴人《そにん》の願いを受け付ける与力《よりき》番所、東側の落縁が鉤形に折れた東隣が年番《ねんばん》部屋である。

この詰所にくるといつも見える、砂利土間やときには落縁に餌《えさ》をついばんでいるのどかな雀《すずめ》が、今日は見えなかった。

「殺された野郎の素性は、知れているのかい」

「まだ不明です。暴行の痕から見て、手をくだした者は複数です」

「金目あての強盗か」

「金目あての殺しなら、そんな手間をかけないでしょう。痛めつけることが目あてだったか、何かほかにわけがあったと考えられます。とにかく、顔を背けたくなるほどの酷い拷問の痕でした」

「そんなに酷かったのかい」

「顔はみみず腫れで左顔面が陥没し、指は潰され、あばらが砕け、全身に……」

と龍平は遺体のあり様を説明し、梨田も隣の柳原も顔をしかめて聞いていた。

「わかった、もういい。昼飯が不味《まず》くなる。とにかくこの一件の掛はおぬしが務めろ。佃島の方は廻り方の春原《はるはら》さんの分担だが、春原さんは手いっぱいで動けねえそうだ。年番の福澤《ふくざわ》さんの、日暮が検視にいったのだから日暮にやらせるのがいいでしょうと、そのひと言で決まりだ。ふふん……」

梨田は鼻先で笑った。

「福澤さんは、どうも日暮がひいきなようだな」

柳原が横から口を挟んだ。

「福澤さんは旗本がひいきなのさ」

「旗本ね。まあ、旗本と言えば旗本だわな。どう務めようがな」

梨田と柳原は、にたにた笑いを交わしている。

「承知いたしました。早速、調べにかかります」

龍平は梨田と柳原に軽く礼をして、背丈五尺七寸（約一七一センチ）ほどの痩《そう》躯《く》を持ちあげた。

鼻梁《びりよう》が鼻筋をやや高く見せている細面《ほそおもて》だが、ほんの少し骨張った顎がやや下ぶくれの顔だちを作り、生白い肌色にくっきり細めの奥二重《おくぶたえ》が、どこかしら無垢《むく》な童子《どうじ》を思わせる柔和《にゆうわ》さを醸《かも》している。

歳《とし》は文化十四年のその年、二十一歳である。

龍平は水道橋《すいどう》稲荷小路《いなりこうじ》に屋敷をかまえる公儀《こうぎ》番方《ばんかた》小十人組《こじゆうにんぐみ》旗本沢木《さわき》七郎兵衛《しちろべえ》の三男で部屋住みだった。

二十三歳の春、北町奉行所同心日暮達広《たつひろ》のひとり娘麻奈《まな》と婚儀を結び、八丁堀亀島町の日暮家へ婿《むこ》入りした。

舅《しゆうと》の達広は支配与力花沢虎ノ助《はなざわとらのすけ》に龍平への番代わりを申し出、その年四月、龍平は本来なら当分見習となるところを、二十三歳の歳と旗本の血筋を考慮され、いきなり本勤並《ほんづとめ》の平同心を命じられた。

梨田と柳原の「旗本がひいき」の言い草は、実家が旗本である龍平へのちょっとした嫌みである。

気位の高い町方同心や与力には、旗本がなぜ町方なんだ、という反発心の方が根強い。

かった。

龍平は表長屋門脇の番所に隣り合わせる同心詰所へ戻って、出かける支度《したく》にかかった。

奉行所内の艮《ごん》（うしとら）の一隅《いちぐう》に設《もう》けた稲荷の方から春蟬《はるぜみ》の鳴き声が聞こえていた。

かすかな蟬の鳴き声を聞きながら、龍平は溜息《ためいき》をひとつついた。

夕べもその前の晩も宿直を命じられて丸二日家に戻っていなかった。

ひと風呂浴びてざらざらする髭《ひげ》をあたり、小銀杏を結《ゆ》い直してさっぱりしたいし、肌着も替えたい。

俊太郎《しゅんたろう》と菜実《なみ》の顔も見たいところだけれども、やむを得ぬ。

平同心を務めて足かけ九年になる夏、龍平はやはり平同心のままだった。

平同心は、吟味方とか廻り方とかの決まった掛のない御番所《ごばんしょ》（町奉行所）勤めの遊軍みたいな下役である。

掛のない下役だから、命じられればなんでも務める。

奉行に従い評定所式日立会《ひょうじょうしょしきじつ》、小塚原《こづかっぱら》や鈴ケ森《すずがもり》の斬首検使、面倒な宿直、日々の雑用仕事、そして夕べのように身元不明の骸の検視役も廻ってくる。

特に龍平は、旗本の出ということでことさらに雑用を押しつけられた。

中でもみなの嫌がる宿直が多い。

病欠が出ると、たいてい「ならそいつあ、日暮にやらせとけ」というような役廻りになり、龍平はそんな務めを、足かけ九年、諄々《じゅんじゅん》と果たしてきた。

日暮は妙な男だね。

雑用をやらせたら、日暮ほど楽しそうにやる男はいないね。

同心の朋輩《ほうばい》らは多少揶揄《やゆ》をにじませて言い、そこで龍平についた綽名《あだな》が、

《その日暮らしの龍平》

だった。

その日その日の雑用務めで一日を終える男、というほどの意味である。

梨田と柳原のにたにた笑いにも、おめえはどうせ雑用掛なんだからいいじゃねえか、という皮肉が幾分こもっている。

しかし龍平は《その日暮らし》の綽名が嫌いではなかった。

日暮をかけてその日暮らしか。面白い。その日暮らしで一生を終える。それも悪くない。世の中、そうしたものだろう。

そう思えることがまんざらでもなかった。

公事人溜《だま》りでは公事人の呼び出しがすでに始まっているが、詰所には春蟬の鳴

き声が聞こえ、奉行所はまだ静かだった。

今月は北御番所は明番《あけばん》の月であり、御番所の表門は閉じられている。

明番の月は新しい公事訴えを受け付けず、未処理の公事訴えの詮議《せんぎ》や裁許などに手をつける。

といって、盗みや押しこみ、火事、強盗殺し、死体が出た、などの急を要する出役に月番も明番もない。

南北町奉行所定町《じょうまち》廻り方十二名、臨時廻り方十二名に休みはなかった。

そこへ紺看板の下番が知らせにきた。

「日暮さま、松助《まつすけ》さんが表門でお待ちです」

「うん？　そうか」

表門右脇の小門をくぐると、松助が風呂敷包みを抱えて待っていた。

松助は、龍平が婿入りするずっと以前より日暮家に奉公する、六十に近い下男である。

「お内儀《ないぎ》さまに申しつかって、肌着の替えを持ってまいりました」

「ありがとう。今日もこれからまだ仕事なので戻る刻限はわからない。家にはそう話しといてくれ」

「わかりました」

龍平は包みを受け取り、「それから」と言い添えた。

「竪大工町《たてだいくちょう》の《梅宮《うめみや》》へ寄って、寛一《かんいち》に手伝いを頼みたいと伝えてくれ。わたしは着替えをすませてから御番所……いや、北新堀と大川端の周辺の訊きこみをしてから大川端町の自身番で待っている。いない場合は、自身番に次のいき先を残しておくとな」

「はい。北新堀大川端町の自身番ですね。梅宮の寛一さんに伝えます」

龍平は宿直の寝所へ戻り、着替えをすませた。

肌着を替えただけでも気持ちがいい。麻奈の気遣いが嬉《うれ》しい。

両刀を差し、十手を廻り方ふうに帯に挟んで菅笠《すげがさ》をかぶり、ふらりと奉行所を出た。

廻り方には廻り方つきの中間が御用箱を背負って従う。

だが、平同心に属する中間はおらず、龍平はひとりである。

急いでいることもあるし、龍平はこういう役廻りのときは指示がない限りひとりで出かける。

奉行所表門前の通りを呉服橋御門へ向かった。

呉服橋より海賊橋《かいぞくばし》、南茅場町を抜けて霊岸橋《れいがんばし》を渡ると南新堀町。新堀の北側が北新堀町である。

佃島に浮いた仏の素性割り出しの訊きこみの首尾を各町の自身番で訊《たず》ねて廻った。

厳しい日差しが照りつけ、着物の下はじっとりと汗ばんだ。

はや夏がきたか——龍平は空を仰《あお》いで首筋を手拭《てぬぐい》でぬぐった。

霊岸島の新堀沿いから新川沿いの町地の自身番へ向かい、そこから北新堀町へ引きかえしたが、そこまでの訊きこみの成果は全くなかった。

昨日から夕べにかけて、殺された男らしき人物を見かけた者は界隈に見当たらなかった。

大川端町の堤道へ出ると、汗ばんだ肌に川風が心地よかった。

大川河口の先に、石川島の人足寄場と佃島の島影が眺められ、川向こうの深川の船着場には、夜の漁を終えて戻った漁師船や小形のべか船が杭《くい》の林に舫《もや》っていた。

深川や佃島の彼方に、夏空の覆う海が、青くはるばると広がっている。

龍平は大川端町の自身番をのぞいた。

自身番の屋根に物見台と、およそ九尺（二・七メートル）ほどの火の見の梯子《はしご》が空に架かっていた。

定町廻り方なら「番人」と外から声をかけ、中から町役人が「はああ」とかえし、町内に何事もないかどうかの遣《や》りとりを交わすところである。

しかし龍平は、三つ道具や火消し道具を備えた自身番の玉砂利を踏んで、

「ごめん」

と、大川端町と書いた腰高障子《こしだかしょうじ》を開けた。

自身番には、常時、月番の家主が三人から五人、町雇いの定番《じょうばん》、書役《かきやく》などが詰めており、龍平が立ったまま訊きこみの首尾を訊ねると、差配の家主があがり端《はな》に手をついて、

「はい。町内の訊きこみをいたしましたところ、昨日、それらしき男を見かけたという者が二、三おりました」

と、ようやく男の素性を探る手がかりらしき話が聞けた。

「その者らが申しますには、男はめくら縞の単衣に竹笠をかぶり、腰に布包みの荷物を結わえた旅拵《たびごしら》えふうだったそうでございます。往来を箱崎の方へ向かっ

ていたようで、急いでいるふうには見えなかったと」

「刻限は、いつごろだね」

「昨日の今ごろだったと、うかがいました」

今は朝の四ツ（午前十時頃）をすぎた刻限である。

「それでちょっと気になりまして、渡し場でも訊きこみをいたしましたら、やはり渡し場の出茶屋の女が見ておりました。男は、懲治場から帰された者かもしれません」

と、町役人は腰高障子を開けた自身番から見える石川島を指差した。

龍平は大川河口をふりかえった。

河口の先の海に、石川島が、夏の明るい日差しを浴びて浮かんでいる。

向嶋《むこうじま》と呼ばれる石川島の海辺に、白い水鳥の舞う様子が見える。

「はい。寄場の御用の幟《のぼり》をたてた大茶船《ちゃぶね》が着いて、十何人かの男の人たちが乗っていたと思います」

と、細縞の着物に赤い前垂れをつけた出茶屋の若い茶酌《ちゃく》み女が言った。

石川島の人足寄場への渡し場がある大川端の堤道に小屋がけした出茶屋だっ

た。

軒に、お休み処、と記した旗が川風にはためき、日差しを防ぐ葦簀《よしず》の奥から夏らしい甘酒の匂いがしていた。

「中にはたぶん身寄りの人か引き受け人のような人が迎えに見え、寄場の御用船が着くまで、うちで休んでいかれる方もいます」

寄場の御用船をおりて堤道にあがった十数人の男たちは、みなが思い思いの旅拵えで、国元へ帰るのか、江戸市中の身元引き受け人の世話になり新しい暮らしを始めるのか、それぞれの方角へ姿を消していった。

十数人いた男たちの中に、そのめくら縞の男がいたことを茶酌み女は覚えていた。

男はみなが出立《しゅったつ》した後も、最後まで渡し場の堤道に残っていた。

「誰か迎えの人を待っている素ぶりではありませんでした。ぶらぶらとあっちへいったりこっちへいったりして、これからどうしようかと思案しているふうに見えました」

茶酌み女は男に「お休みなさいませ」と声をかけた。

しかし男は手持ち無沙汰《ぶさた》な様子を見せただけで女にはこたえず、ぶらりぶらりと箱崎のほうへとったと言う。

引き受け人や住む場所もなく、無宿人《むしゅくにん》が懲治場から出されることはない。という建て前だが、懲治の三年を終えて娑婆《しゃば》に戻ってからまた無宿渡世を送る者は少なくなかった。

「年は三十半ばくらいに見えました。背は……これぐらいで」

茶酌み女は男の背丈を手で示した。それから、

「はい、顎のこのへんにこれぐらいの疣がありました」

と言った。

間違いない。佃島の海に浮かんでいた男だ。

渡し場の歩みの板には、石川島から戻りつつある渡し船を五、六人の客が、並んで待っていた。

佃島の船着場とこちらの渡し場の間を、白千鳥が舞っていた。

龍平は箱崎のほうを眺めやった。

ここで寛一がくるのを待つか、自身番にことづてを残して石川島から佃島へ渡るか。

束《つか》の間《ま》迷ったが、龍平はとにかく佃島へ渡ることにした。

訊きこみは初めが肝心であり、それに骸はもう埋葬されているかもしれなかった。龍平の気がはやった。

渡し船が石川島へ向けて漕ぎ出すと、海は昨夜とは違い思いのほか波があった。

龍平は艫《とも》の船梁《ふなばり》に腰かけ、額に手をかざし、じりじりと照りつける日差しの下にゆれる石川島と、南側の佃島を見較べた。

朝の四ツごろ、男は永代橋の袂の大川端町の渡し場に着き、それから真夜中の九ツごろまで半日以上、どこで何をしていたのだ。

九ツごろ男は殺された。そしてあのあたりの堀か川か海へ捨てられた。

まさか、半日もの間、男は痛めつけられたのか。

もしそうなら――と龍平は考えを廻らした。

どこかで痛めつけて殺し、大川端まで仏を捨てるために運んできた。

男はどこかの賭場《とば》に入った。大負けして払う金がなくなり痛めつけられた。

いや違うな。賭場のやくざでさえ、あんな殺し方はしない。

あるいは、捨て場所に近いどこかに男を閉じこめ、延々と男を死に至らしめるまで拷問を加え続けた。

渡し場周辺のそんな場所が、あるとすればどこだ。

「旦那《だんな》あっ、ひぐれのだんなあ……」

海上に若い呼び声が響き、ふりかえると渡し場の歩みの板で寛一が両手をかざして龍平にふっていた。

今年十八の寛一は、くるみ色に蜻蛉《とんぼ》の小紋《こもん》を白く染め抜いた麻の単衣の裾《すそ》を端折《はしょ》り、両袖《そで》を肩までまくって、軽々とした様子が朝の光に似合っていた。

十六の歳から、龍平の手先を務めている。

「佃島の漁師町の自身番で待ってるぞ」

龍平は寛一へ声を張りあげた。

「ああ……あの若い御用聞きは乗り遅れちゃったね」

「肝心の御用に間に合わないんじゃあ、まだまだ未熟だね。ふふん……」

前の客がおかしそうに交わす遣りとりが聞こえた。

三

半刻後、人足寄場役人の元締《もとじめ》ひとりと見張鍵番《かぎばん》ひとり、それに花色に白の水玉のお仕着せを着た世話役を務める人足の三人が、佃島町の自身番に現れた。

町役人が三人を出迎えて「ご足労《そくろう》をおかけいたします」と腰を折り、自身番のあがり框《かまち》にかけていた龍平は元締らしき役人の前に進み出た。

寛一が龍平の後ろに従っていた。

「北御番所の同心日暮龍平と申します。この一件の掛を務めております」

「寄場の元締を務めます青木《あおき》周五郎《しゆうごろう》です。お務めご苦労さまで……」

「早速、仏の検視をお願いいたします。こちらへ」

元締はほかの二人に目配せを送り、龍平のあとに従って自身番の奥の三畳の板敷へあがった。

龍平の指示で漁師町の自身番から使いの者が人足寄場へ急ぎ向かい、骸の検視を申し入れていた。

男の骸が、板敷に置いた早桶《はやおけ》に納められていた。

世話役の人足が桶の蓋《ふた》をとった。

骸は臭気を放っていた。

夏場ではこれ以上置いておけず、無縁《むえん》仏で葬《ほうむ》るしかないという直前だった。

自身番の座敷に畏《かしこ》まり、骸の検視が終わるのを見守っている町役人や定番、書役らが、顔をそむけ袖で鼻を覆った。

元締と見張鍵番の二人は、桶をのぞきこんだ。

水玉模様のお仕着せの人足が桶に顔を突っこみ、顔をあげると元締らと頷き合い、桶の蓋を戻した。

三人は桶に向かって合掌《がっしょう》した。元締が龍平へ向いた。

「間違いありません。常州小妻の無宿人の鉢助です。昨日朝、出所して生国の小妻に戻ることになっておったのです。こんなことになっていたとは」

「鉢助の所持品はどうなっておりましょうか。出所の折り、所持金が銭で五貫(約四八〇〇文)ほどあったはずです」

と隣の書役が訊いた。

「仏の所持品は何も見つかっていません。着の身着のままで、佃島の海に流れてきたのです」

「むごたらしい。追剝強盗の類《たぐい》でしょうか」

「今はまだなんとも言えません」

町役人さん——と龍平は座敷の町役人へ声をかけた。

「この者は常州小妻村の鉢助という男だ。埋葬の手配を進めてくれ」

「承知しました。では桶を運び出しておくれ」

町役人が外で待っていた二人の人足に指図し、人足があがってきて桶を荒縄《あらなわ》で縛り、前後二人で担《かつ》ぐ用意にかかった。

龍平は寄場の三人と外へ出、改めて鉢助の詳しい素性を訊ねた。

「元締が申されましたとおり、生国は常州小妻村。家は百姓です。十代で賭博場に出入りする悪童で、十五歳のとき刃傷沙汰《にんじょうざた》のもめ事を起こし、村を追われ江戸へ出てきたようです」

と、元締に代わって見張鍵番の役人が帳面を開いてこたえた。

「江戸へ出てからは、商家の下男奉公や職人の弟子についたりしてずっと深川界隈で暮らしてきました。ですがどこも長くは続かず、一時期、油堀《あぶらぼり》の三角屋敷側の裏店《うらだな》に住んで、あさりのふり売りなどをしておりました」

「ふり売り、ですか」

あさりやしじみのふり売りは、普通、老人や子供のための仕事である。

「長年の無頼《ぶらい》暮らしのせいですか、身体が弱っておったようです」

寛一は手控帖に役人の説明を書き留めつつ、ふんふんと頷いていた。

「結局それでも食い詰め、住まいを失い、三年前まで、越中島《えっちゅうじま》の古石《ふるいし》で物《もの》乞《ご》い暮らしをしておりました。三年前の無宿狩りで、寄場へ収容いたしました」

「越中島の古石というと岡場所ですね。岡場所をねぐらにしていたと？」

「石置き場で寝起きしていたようです。常州の小妻村に問い合わせたところ、村の名主から鉢助は帳外《ちようがい》の者という返事がまいり、生まれ在所で無宿の扱いになっておりました。安永《あんえい》四年（一七七五）乙未《きのとひつじ》の生まれですから、今年、四十三歳ですね」

「四十三歳？」

龍平は思わず訊きかえした。

「はい。入所にあたっての訊きとりの際に本人がそう述べておりますが、どうかしましたか」

「もっと若い男かと思っておりました。昨日鉢助を見かけた者も、三十半ばぐらいに見えたと証言しておりました」

「歳は間違いありません。小妻村の人別《にんべつ》にもそれは残っております。見た目が七、八歳くらい離れて見えることは、珍しいことではないと思います」

長年の無頼な暮らしで身体を弱めた四十三歳の男が、七、八歳若く見えるというのもなくはないが……龍平はさらに訊いた。

「寄場で鉢助と特に親しかった者、かなり親密な間柄で、行動をともにしていたような者はおりませんか」

するると見張鍵番は、隣のお仕着せの人足へ顎をしゃくった。

「へえ。あっしは寄場で世話役を任されておりやす作造《さくぞう》と申しやす」

と作造は腰をかがめた。

「鉢助と親しかった者をしいて申せば、あっしじゃねえかなと思いやす。と言っても、あっしが指図して鉢助が短く返事をするぐらいの間柄でやすが。よく言やぁ静かな男、逆に言やぁ人付き合いの悪い陰気な、必要なこと以外誰とも滅多《めった》に口を利かねえ、風変わりな男でございやした」

「寄場入りの前の事柄で、鉢助に聞かされて覚えている話はないか。どんな些細《ささい》な事柄でも何か……」

「とにかく、人付き合いが苦手な男ということしか思い浮かばねえでやす。そう、一度鉢助が年の割には見た目が若《わけ》えんで、どうしてそんなに若くいられるんだと訊いたことがありやした。そしたら、親に訊いてくだせえと、面倒臭そうに言ったのを覚えておりやす」

そんな人付き合いの悪い男が、なぜあのような殺され方をしたのだ。

人足寄場へ収容される以前に謂《い》われがあったのか。

しかし鉢助は、越中島の岡場所で物乞い暮らしをしていたのだから、物乞いに身を落とす以前の謂われということも考えられた。

人足二人が桶を吊るした棒を肩に担《かつ》いで、自身番から運び出してきた。

「とりあえず、鉢助さんは仙台堀《せんだいぼり》の正覚寺《しょうかくじ》に埋葬をお願いいたします」

月番の町役人が、龍平に言った。

「世話をかける」

「鉢助の生国への知らせは、寄場の役所から手配いたします」

それは元締が言った。

自身番の町役人がひとり付き添い、桶は二人の人足の間で小さくゆれながら船着場へ運ばれていった。町役人らが掌《て》を合わせて桶を見送った。

「何にいたしましても、無縁仏でなかったことが幸いでございます」

月番の町役人が呟いたとき、作造が龍平に言った。

「お役人さま、鉢助にもうひとり、寄場に親しい者がおりやした」

鉢助は手に職をつけるため、竹笠職人だった太吉《たきち》のいる細工小屋で竹笠作りの懲治仕事をしていた。

普段は誰とも口を利かない鉢助が、珍しく、太吉という竹笠作りの職人にだけは心を許していたらしい。

「寝食も同じ二番長屋でたまたま隣り合わせていたこともあって、とき折り言葉を交わして笑ったりしているのを見かけたことがありやす。太吉も鉢助の面倒を見ていたと思いやす。鉢助は太吉を親方と呼んでおりやした」

「太吉という竹笠作りの職人だな。歳は幾つだ」

「今年、四十になるはずでございやす」

「鉢助より年下なのか」

「見た目は鉢助の方がうんと若くて、二人一緒だと、親方に仕こまれている年下の弟子みたいな様子に見えやした」

「今も寄場にいるのか」

「半年前に娑婆へ戻っておりやす。引き受け人は……」

と見張鍵番の役人が帳面を繰《く》った。

「深川富久町《とみひさ》の馬之助《うまのすけ》店です。うん？　偶然かな。ここは鉢助があさりのふり売りをしていたころに住んでいた三角屋敷側の裏店ですね。二人は元々、顔見知りだったのかもしれませんな」

物乞いに身を落とした男が無宿狩りで人足寄場に収容され、そこで昔の知り合いと会った。これもあり得ない話ではない。

四半刻（約三十分）後、龍平と寛一を乗せた投げ網船《あみぶね》が大島川《おおしま》を越中島町へ向かっていた。

越中島町は大島町と川幅十六間（約二九メートル）の大島川を挟んで南方に町地を構え、町内に深川でも評判の古石という岡場所があった。

料金は、家に女をおいている伏玉《ふせだま》でひとつきりの二朱《にしゅ》。昼夜なおしで二分《ぶ》二朱。女芸者は二朱迎え、になっていた。

船をおりて越中島町へ入り、古石の木戸をくぐると、小路は暑い日盛りの下に三味線《しゃみせん》が鳴り、端唄《はうた》が流れ、若い者や遣手《やりて》の女が表戸に立って通りかかる客を呼んでいた。

遊び人ふう、旅拵え、職人や商人《あきんど》ふう、中には笠をかぶった侍姿も見えた。

その間を両天秤《てんびん》の行商が売り声をあげて通り、莫蓙《ござ》を抱えた物乞いが通り、箱屋を連れた羽織芸者が科《しな》を作って歩いている。

番小屋の看板の若い衆が、龍平と寛一を睨《にら》み、顎の尖《とが》った人相の悪い顔をぺこりとさげた。

私娼はご法度《はっと》、ではあっても町方役人もこっそり女郎遊びをする。

その際、与力の裃《かみしも》や同心の黒羽織は着替えている。

町方同心の定服《じょうふく》、黒羽織に白衣の龍平の拵えは御用務めが瞭然《りょうぜん》だった。

「旦那、えれえ繁盛でやすね」

寛一が後ろから言った。

「寛一は古石は初めてか」

「先だって、神田の多町《た》で遊びやしたが、多町はもっとさびれてやした。ここは賑やかで楽しそうだな」

菅笠の下で笑った町方定服の龍平を、通りがかりはみな避けていった。

古石の店頭《たながしら》宇衛門《うえもん》は、鉢助について、

「はて、鉢助でございますか。聞いた覚えがございますような」

と曖昧《あいまい》に応えた。

龍平と寛一が通されたのは、宇衛門の営む女郎屋の裏庭に面した座敷だった。

店頭とは、町地の私娼街や盛り場を差配《さはい》する一種の町役人である。

鉢助の骸が佃島の海に浮かんでいた事情は語らず、ただ人足寄場を出所してからの行方が不明になっているとだけ説明した。

宇衛門は遣手のお槇《まき》という女を座敷に呼んだ。

「三年くらい前に、町内をうろついていた鉢助という物乞いを覚えていないかい。無宿狩りに遭って人足寄場へ放りこまれた男だ」

「物乞いの鉢助、でやすか。どんな人でしたっけ」

紺縞の長着《ながぎ》に前垂れのお槇は小首を傾《かし》げた。

「年は三年前は四十前後だが、見た目はかなり若く見える。背丈は五尺五寸ほど。ここらへんにちょっと目だつ疣がある」

龍平が顎に指先を当てると、お槇は「はあはあ……」とすぐに思い出した。

「顎の疣で思い出しやした。そう言えば、鉢助って名前でしたっけね」

でも旦那——とお槇は龍平へ向けて小手を遊ばせた。

「その人、初めは物乞いじゃなくて、古石のお客さんで見えていたんですよ。けっこう、派手に遊んで気前もよくって。見た目はお金持ちには見えないし、身分も語らないけれど、とにかく金払いのいいお客さんだったたんです」

「ほう、身分も語らずにか。うちへもあがったことがあるのかい」

「いいえ、うちへは一度も。といいますか、《豊倉《とよくら》》の佐代吉《さよきち》さんと馴染《なじ》みになって、居続けしてたそうでやすから」

「そういえばそんな話、豊倉さんから聞いたことがあるな。まともに稼いだお金で遊んでいたのかね」

　宇衛門が、ふむふむと首をふりながら訊いた。

「さあ、どうでしょうか。でも豊倉さんにしてみれば、お金さえきちんきちんと払ってくれりゃあ文句はありやせん。毎日芸者をあげて、何かあるとご祝儀はいただけるしで、田舎《いなか》のお金持ちの散財と思っていやしたら、二十日ほどたって、お金がつきちゃったんだそうです」

「たった二十日ほどで金がつきたのか。たいした散財じゃあないな」

「でその後、お客が物乞いに身を落として界隈をうろつき始めたから、ちょっと噂になったんでやす」

「豊倉から消えたすぐあとにかい」

　宇衛門が言い、お槇がくすんと笑い頷いた。

「女郎屋で有り金を使い果たして、お金がつきて女郎屋を追い出されたらあとは物乞いするだけと、初めから覚悟していたみたいに」

「怪しいお客だと、思わなかったのか」

龍平が訊ねると、お槇は笑った。

「旦那、ここでは怪しいお客をいちいち怪しんでたら、きりがないんですよ。佐代吉さんから聞いたんですけれど、お客が姿を消した何日かあと、佐代吉さんが大島川の堤端で物乞いしてるお客を見てびっくりしたって言うんです。自分のせいで一文無しになったみたいで、ひどく申しわけない気がするって」

「佐代吉さんは今でも豊倉にいるのか」

「佐代吉さんは一年前、身請《みう》けされて今は相模《さがみ》で暮らしていやす」

相模か——と龍平は呟いた。

「お槇さんは、物乞いをしている鉢助を見たことがあるのか」

「はい、一度、実際に見やした。堤端で茣蓙をかぶって、確かに見覚えのあるこに疣のある顔でやした。鉢助の名前はそのあとで、佐代吉さんからうかがったんでやす」

「ふうむ。そんな男なのにあまり評判にならなかったな」

宇衛門が口を挟んだ。

「物乞いにならなくても、放蕩《ほうとう》で身を持ち崩す人は珍しくありませんから。十日もしたら、鉢助って物乞いが界隈にいるというだけで、誰も噂をしなくなりやしたし、まれに古石の中もうろついて、背戸口《せどぐち》で食べ物の残り物なんぞをもらってやした」

「ただの物乞いで、みな気にしなくなっていたのだな」

龍平の問いに、お槇は頷いた。

「そのあとの無宿狩りで界隈にいなくなりやしたから、鉢助が古石にき始めて三月《みづき》ほどの、たったそれだけですのでね。そんなに評判になる人ではありやせん。佐代吉さんだって、もういなくなりやしたし」

「その鉢助が、誰かの恨みを買っているような噂は聞いてないか」

「そういうことは……鉢助って物乞いに何かあったんでございやすか」

「いや、いいんだ」

と龍平は手をふった。

「お役人さま。なんでしたら、町はずれの石置場の耕次郎《こうじろう》を呼びますので、話をうかがわれてはいかがでしょう。耕次郎は界隈の物乞いや夜鷹《よたか》らを束ねておる頭でございます。鉢助の詳しい素性や、いき先の手がかりがつかめるかもしれません」

宇衛門が勧めた。

「呼ぶまでもない。石置場ならわかる。これから訪ねてみる」

「え、ご自分でいかれるのでございますか。汚いところでございますよ」

しかし龍平は、こたえる前に刀をつかんで座を立っていた。

有り金を使い果たすにしても、二十日ほどの間、岡場所に居続ける金を鉢助はどこで手に入れた。

あさりのふり売りが解せない。

邪魔した——と、座敷を出た。

四

越中島町のはずれの石置場は、ぺんぺん草や母子草《ははこ》が生い茂っていた。

そこは大島川の堤道を東から北へ折れ曲がる道端の小広い空き地で、武家屋敷の練塀《ねりべい》が南側をとり囲んでいた。

南へ道なりにゆくと洲崎の海へ出る石置場の南角に槐《えんじゅ》の木が植わっていて、その木陰に耕次郎は一軒家をかまえていた。

槐の木では春蟬が鳴き、石置場の草いきれが蒸していた。

耕次郎は漆黒の総髪《そうはつ》を左右の肩に垂らし、肩幅のある頑健な身体つきをした壮年の男だった。

普段は町方が家に訪ねてくることはあり得ぬからか、土間におりて膝《ひざ》と手をつき、一度も顔をあげなかった。

「お訊ねの鉢助のことは、覚えておりやす。へい。年のころはあっしよりも二つか三つ上だが見た目が若えので驚きやした。ここにぽちっと疣があり、生国は常州と聞いておりやした。へえ」

三年前、石置場で断わりもなく寝起きし、大島川の堤端で物乞いを始めたため、示しがつかないので、

「ちょいと威《おど》してやりやしたが、いくとこもねえと言うし、あっしもそんな野郎をいちいち追っ払うのも面倒でやしたから、稼ぎの五分を持ってくることと、仲間の邪魔はしねえと誓わせ……」

と、つい煩《わずら》わしくてそのときは放っておいたと言う。

「鉢助が越中島に現れる前は、富久町の裏店《うらだな》に住んでおりやした。棒手《ぼて》ふりを生業《なりわい》にしていたが、このまま暮らしていても先はなく、といって、とうの昔に捨てた故郷に帰ることもできず、長年の無頼の暮らしが祟《たた》って身体も弱り、挙句、何

もかもに嫌気が差しあと先を考えず宿なし暮らしを始めたそうで」

鉢助が富久町に住んでいたとなれば、やはり竹笠職人の太吉とは寄場以前からの知り合いだったと思われた。

古石の豊倉で二十日ほど居続け有り金を使い果たした件については、「二十両近い金の入った財布を道で拾った」と、耕次郎は聞かされていた。

「腰を抜かすほどたまげたそうで。そりゃあそうでしょう。けど当人が言うには、これは天の恵み、この金をこっそりいただいて、やり直そうと考えればいいものを、長年自堕落《じだらく》な暮らしに馴染んできたろくでなしには、悪銭身につかずといいやしょうか。この金をやったこともない遊びに使ってこの世の極楽を味わいたいと考えたのがあとの祭と、自分自身を嘲笑《あざわら》っておりやした」

耕次郎によれば、それが鉢助が界隈に居つくことになった経緯だった。

それから鉢助が大島川の堤端で物乞いを始めて二ヵ月がすぎたころ、無宿狩りが行なわれたのだった。

越中島の界隈は年に数度、無宿狩りが行なわれるところだった。

「鉢助の言ったことが本当かどうか、わかりゃあしやせん。ですが真《まこと》だろうが嘘《うそ》だろうが、物乞いは物乞い。昔の恨みも先の望みも考えたとて、どうにもなるものじゃあ、ございやせんので」

鉢助は何人かの無宿らと人足寄場へつながれていった。

耕次郎が知っていることは、それだけだった。

大島川を越え、大島町の蕎麦《そば》屋の半暖簾《のれん》をくぐった。

「やれやれ喉《のど》が渇いた。寛一、冷《ひや》を一杯付き合え」

昼どきがすぎて客のいない店の床几《しょうぎ》にかけ、龍平が言った。

「よろこんで。と言っても旦那、顔が疲れてますぜ。髭もあたってないし」

「二日続けて宿直でな。家に帰っていない」

龍平は顎の無精髭をなでて、目を細めた。

道理で……と寛一は納得した。

「今朝方、佃島で検視をやって、家へ帰る前に一件の掛を命じられ、急ぎ寛一を呼んだわけさ。着替えは届けてもらったが、この暑さだ。どうもさっぱりせん。そのせいだろう」

女が注文をとりにきて、盛り二枚と冷を頼んだ。

そこへ店土間に柴犬が、とと、とと、入ってきて龍平らのそばで尻尾《しっぽ》をふった。

「しっ、出ておいき」

女が犬を追った。

柴犬は小さく吠《ほ》えて店を走り出ていったが、その後へ筵を抱え薄汚れた物乞いが、ふらふらと店に近づいてきた。

「だめだよ。あげる物はないよ。商売の邪魔だからあっちへおいき」

暖簾の外で、女は通りの物乞いを追い払った。

「もう本当に、ここらへんは物乞いが多いんですから」

女は下駄を鳴らして店土間に戻ってくると、誰に言うともなしに言った。しかしお客は龍平と寛一だけである。

「ここらへんは、多いのか」

「多いんですよ。人足寄場に放りこんですっきりしたと思ったら、またいつの間にか汚いなりで町内をうろついてますから、目障《めざわ》りなんです。町方でもとり締まっていただけませんかね」

あ、お酒お酒……と言い残して調理場へまた下駄を鳴らした。

女はすぐに徳利の冷酒とぐい飲みを二つ、瓜《うり》の漬物を添えて運んできた。

「鉢助も、あんなふうに追い払われた物乞いだったんだろうな」

龍平はぐい飲みの冷をあおって言った。

「寛一は、鉢助殺しをどう見る」

「二十両の入った財布を道で拾ったってえのは、信用なりません。なんだか、やばそうな金に思えます。その二十両が元で、仏さんは誰かに追われてたんでしょうかね。旦那の読みは、どうなんです」

寛一が瓜の漬物を気持ちよく鳴らしながら言った。

「何人かが寄ってたかって散々痛めつけた挙句に、殺《や》ったのは間違いない。恨みだとしたら相当な恨みだし、金絡みとすればあの惨《むご》い手口を見れば二十両程度では済まないと思う。どういう筋の金かは不明だが寛一の言うとおり、当然、やばい金だろう」

笊《ざる》に山盛りの蕎麦が運ばれてきた。

酒より食い気の寛一は、盛りを勢いよくたぐりはじめた。

「例えば、鉢助が古石の豊倉で散財した二十両はぜんぶの中のほんの一部にすぎず、残りの金をどこかに隠した。それを奪う、あるいはとりかえそうと図ったある者らが鉢助の行方を長年追っていた。少なくとも寄場に収容される三年以上前からな」

「そうか。ある者らは、鉢助がたまたま寄場に収容されていることを嗅ぎつけた。そして鉢助が寄場から帰される日を待っていた。なんだかお宝探しのような一件ですね。もしそうなら、いったいどれぐらいの額なんだろう」

「おそらく、十倍ぐらいは……」

「十倍と言やぁ、二百両？」

寛一は蕎麦の箸《はし》を止め、目を丸くした。

龍平は高笑いをし、

「推量だ。もしそうならだよ、寛一。本当のところは何もわからないさ」

と言ってぐい飲みを乾した。

「けど旦那、あっしみたいな未熟者が仏さんになった鉢助のことを言うのもなんですが、さっきの、道で拾った二十両を岡場所遊びに気前よく使い果たしたあとは成りゆき任せの宿なし暮らしという話も、しみったれていますね」

寛一が、ふと言葉を継いだ。

「確かに二十両は大金だけど、たった二十両で遊びつくしたから満足したふうなのが、どうもあっしには貧相に思えてならねえ。そんな貧相な鉢助に大金のお宝探しは、あんまり似合いませんよ」

なるほど——龍平は笊に山盛りになった蕎麦を崩し始めた。

蕎麦をたぐりつつ、考えた。

貧乏暮らしが身に染みて、鉢助はわずか二十両で極楽を味わい、満足して物乞いになったか。

確かに、ずいぶんけちくさい、安上がりな極楽である。

「あさりのふり売りの鉢助には、似合わない話だな」

「都合よく二十両を道で拾ったというのは、素人《しろうと》のやる宮地《みやち》芝居の筋書きを思わせます」

「だが古石で二十両ばかりを使い果たしたのも事実だ。しみったれた鉢助にも、案外、裏の顔があったのかもしれない。寛一、次は富久町の馬之助店だ。蕎麦を食ったら太吉の話を訊きにいく」

へい――と元気よく応えた寛一は山盛りの蕎麦をもう平らげていた。

恨みにしろ金絡みにしろ、あの惨い殺され方とあさりのふり売りのつましい暮らしの間には、落差がありすぎる。

その落差を埋める事情が、三年前以前の鉢助にあったはずだ。

そのときふと、龍平は暮らしに不自由のなかった坊っちゃん育ちの寛一を見つめ、なるほど育ちだなと思った。

貧乏旗本育ちの龍平は、安物の極楽さえ見たことがない。

龍平はおかしくなり、蕎麦をたぐりながらくすくす笑った。

寛一がきょとんと龍平を見かえした。

「寛一、もう一枚食え。一枚じゃあ足りないだろう」

「もう十分です。ここの盛りはすごいや」

と寛一は仰《の》け反《ぞ》って、腹をさすって見せた。

五

だが、富久町の馬之助店に太吉はもう住んでいなかった。

幅十間（約一八メートル）の油堀に架かる富岡橋《とみおか》を越えて、古びた三角屋敷の生垣を廻ると、丸太橋の東詰めあたりから富久町である。

馬之助店は、仙台堀からわかれた枝川端に小さな表店と並んで路地木戸があって、九尺《くしゃく》二間《にけん》の貧しい棟割《むねわり》長屋が、半間（約九〇センチ）幅の路地を挟んで軒を寄せ合っていた。

家主の馬之助は五十絡みの顎の肉がたるんだ男だった。

「太吉がこちらに越してまいったのは、十五、六年前でしたろうか。佐賀《さが》町の笠屋からの手間どりで竹笠作りを生業にしておりました。生国は相模と聞いております。はい、仮人別《にんべつ》でございます」

仮人別とは、本人別がなくとも家主個人の裁量で作り、家主だけが保管している仮の人別である。

地主に雇われている家主には、預かった店を空店にしておくよりも、仮人別であっても住人のいた方が、経営の面でも治安の面でも都合がよかった。

江戸には、名主と南北町奉行所の保管する本人別の改帳《あらためちょう》にも載らない下層の庶民が大勢暮らしていた。

「女房はおりません。ここらへんは、女房子供を養えるほど稼ぎのある者は少のうございますのでね」

馬之助は顎のたるんだ肉を震わせた。

しかし中には女房子供もいて、「そのうち人別をとり寄せますので」と言いながら、何十年も仮人別のまま暮らす者もいる。

「そんな男でも酒や博打《ばくち》にわずかな稼ぎを使い果たして、売り物になる物はぜんぶ売り払った挙句に借金を拵え、五年前、借金とりに追われて夜逃げ同然にここを引き払ったのでございます。去年、人足寄場から知らせをいただきましたときは驚きましたが、ありそうなことだとも合点いたしました」

「五年前までこちらに住んでいたという誼《よしみ》だけで、太吉さんの引き受け人になられたのですね」

「さようでございます」

と馬之助は、神妙《しんびょう》に頷いた。

龍平と寛一は、濡れ縁と猫の額ほどの庭に面した四畳半に通されていた。

庭は竹で編んだ垣根に囲われ、垣根の下に雑草が生えていた。

鉄漿《おはぐろ》をした女房が、冷えた麦茶を出した。

「太吉には手に職があるのでございますから、真面目《まじめ》に働けば何不自由なくとはいかなくとも、それなりの暮らしはたつのでございます。以前のように佐賀町の笠屋の手間仕事を受けて、しばらくは殊勝《しゅしょう》に暮らしておりました」

ところが——と馬之助は皺《しわ》だらけの手で打った。

「持って生まれた性分とはやっかいなものでございます。三月ほどたったころより飲み屋の掛けとりや、やくざふうの人相の恐いのが賭場の借金のとりたてに押しかけてくるようになり、妙に騒がしくなってまいりましてね」

太吉はまた借金とりに追われ始めた。

「挙句、またしても夜逃げ同然に、と申しましてもろくな家財道具はございませんが、去年の暮れも押しつまったころ、太吉の住んでいた店はもぬけの殻になっておりました」

裏店の住人も気づかぬうちにだった。

「太吉のいき先は、ご存じないのですね」

「存じません……おそらくはどこぞで、物乞い同然の暮らしに身を落としているのでございましょうなぁ」

馬之助は首を傾げ、肩をすぼめた。

「手抜かりなことで、まことに申しわけなく思っております。佐賀町の笠屋でお訊ねになれば、ひょっとすると知っている者がいるかもしれません」

「太吉みたいな男が無宿暮らしから抜け出すのはむつかしい。仕方ありませんよ。あとで佐賀町の笠屋へ寄ってみます」

龍平は腕組みをし、部屋の外へ目を向けた。

竹垣と板塀との間の路地を、真桑《まくわ》瓜の棒手ふりが両天秤で通りすぎた。

「ところで馬之助さん、鉢助というあさりのふり売りを覚えていませんか。三年と三月ほど前まで、富久町のどこかの裏店に住んでいた男です」

龍平は鉢助の年恰好《かっこう》や容貌、生国が常州小妻村で、鉢助が富久町を出てから無宿狩りで人足寄場に収容されるまでの経緯を、手短に語った。

「鉢助は寄場で太吉と偶然出会い、顔見知りだったからか、太吉の元で竹笠編みの懲治仕事についておったようです。太吉は半年前に寄場から帰され、鉢助は……」

そう言う龍平を、馬之助は首を傾げて訝《いぶか》しげに見つめ、

「お役人さま、鉢助はわたしどもの店に住んでおりました」

と、龍平の言葉を遮るように言った。

「やはり。太吉と鉢助は顔見知りだったか」

馬之助は小首をふってたるんだ顎の肉を震わせた。

「七年前、わたしどもの店に越してまいり、その折り、生国は常州の茂木《もてぎ》と申しておりました。はい、鉢助も仮人別でございます」

「小妻、鉢助の生国は小妻のはずですが」

「そうかもしれません。わけありで若いころに故郷を捨てたようですから、いい加減なことを申しておったのでしょう。確かに、安永四年生まれとは聞いており

ましたので、七年前だと三十六でしたろうか」

馬之助は、えへん、といがらっぽい咳払《せきばら》いをした。

「ふり売りやら日傭《ひよう》とりなどをしてその日暮らしを送っておりました。あさりの棒手ふりもやっておったのは覚えております。病気がちで、何をやっても長続きせず、若いころの放蕩《ほうとう》が祟ったと、心細げに笑っておりました」

「鉢助と交わりのあった輩《ともがら》、あるいは鉢助を訪ねてきた知人など、誰か馬之助さんが覚えている者はおりませんか」

「何しろもう三年と三月前になりますので……」

馬之助は膝を軽く打って、昔の記憶を呼び戻そうとしていた。

「三年三月前、鉢助がこちらを出た事情はなんだったのですか」

龍平が言うと、馬之助は目元を歪めた。

「お役人さま、お訊ねの鉢助とこちらに住んでおりました鉢助は、別人ではございませんか。歳は同じでございますが、様子もだいぶ違っておりますし」

別人？　――龍平は訊きかえした。

「はい。別人でございます」

「そんなことはない。寄場の台帳にも富久町と残っているし、先ほど越中島町で訊きこみをして、富久町と聞いてきたのだ。ただ馬之助さんの店かどうかはわからなかったが」

「ですから……うむ、少々お待ちください」

馬之助は座を立ち、部屋を出た。

ほどなく、一冊の部厚い帳面を抱えて戻ってきた。

「これは、わたしが作っております仮の人別改帳でございます」

馬之助は手垢で汚れた仮人別を龍平の膝の前へ置き、帳面を繰った。

生国御当地、仕事商売、誰、何歳、何宗何町何寺、と並び、誰の下に本人の爪《つめ》印《いん》が押してある。

中には同居人、家族の名前が並べて記してある者もいたが、ほとんどが独り者だった。

そのほかに、馬之助店に越してきた年月と引き払った年月、前に住んでいた地名が何町誰店と記してあるもの、ないものがあった。

「これまで私どもに仮人別で居住いたしました者の、ぜんぶでございます。本人の申すままに書きとったもので、みな送り状もございませんから、本人の申すことを信用いたしまして、改めはいたしておりません」

馬之助は本人の申すことが真か嘘か与《あずか》り知らぬ、と言外に言っていた。

夥《おびただ》しい数である。

むろん、奉行所も名主も仮人別を咎《とが》めない。

繰りかえすが、江戸には名主と南北町奉行所の保管する本人別の改帳にも載らない下層民が大勢暮らしており、実数は本人別に載った町民より多かった。

馬之助店は、本人別のないそのような貧乏人ばかりの住む裏店だった。

店を引き払うのではなく亡くなった者もいて、年月と誰没とだけ記入され、仙台堀の正覚寺に無縁仏で葬られていた。

今ごろ、鉢助が葬られている同じ正覚寺だった。

無縁仏でも、死体捨て場に遺棄されず、葬られるだけまだましである。

「ここに、鉢助の仮人別がございます。どうぞ」

馬之助は帳面を開いて龍平の膝の前へ差し出した。

生国と鉢助の名前と歳が読め、生国は常州の茂木村になっていた。

しかし、仕事商売、宗門《しゅうもん》、前に居住していた店などは記されていなかった。

その次の記入に龍平は意表を衝《つ》かれ、うん？　と読み直した。

《文化十年（一八一三）十二月　鉢助没　三十九歳　仙台堀正覚寺》

読み直してもそう記してある。

龍平の胸が高鳴った。

「馬之助さん、これはどういう……」

「はい。ですから、わたしどもの店子の鉢助と、お役人さまのお訊ねの鉢助は別人でございます。鉢助は三年と四月《よつき》前に亡くなっております。ほんの二、三日寝こんでおりましたのが、ある朝、亡くなっておったという具合で」

馬之助が桶につき添って正覚寺へ運び、埋葬に立ち会った。

龍平の後ろで手控帖に筆を走らせていた寛一が、「あり得ねえ」と不審の声をぽろりとこぼした。

そうだ。あり得ない。龍平にも訊ねる言葉が浮かばなかった。

「名主さまにご報告し、名主さまの指示で生国の常州茂木村へ一応知らせましたところ、茂木村の村名主より、鉢助と申す者は帳外の者にも見当たらぬという返事がまいり、以来、鉢助の生国は不明のままでございます」

馬之助は煙草《たばこ》盆を寄せ、煙管《キセル》に細ぎりの刻《きざ》みを詰めた。

種火の火をつけ、四畳半の褪《あ》せた天井へ煙を燻《くゆ》らせた。

「つまり、店子の鉢助が同じ店子だった太吉と人足寄場で会えるはずがないのでございます。生国が小妻村の同名同年の男がいたものですから、寄場のお役人が手違いでわたしどもの鉢助ととり違えたかと、思われます」

馬之助は顎のたるんだ肉を生き物みたいにゆらし、吸殻を灰吹きに落とした。

「わたしどもの鉢助は生国のわからぬ男でございます。お訊ねの鉢助は帳外ではあっても小妻村に人別が残っているのでございますから、別人としか言いようがございませんね」

「ここに、ちょっと目だつ、疣がありませんでしたか」

龍平は顎に指をあてがった。

「ふうん……近ごろは歳で物忘れが多くなりまして。たぶん、疣はなかったと思いますが。疣ではなく、ほくろが目だちましたかな」

「鉢助の見た目は、歳よりも若く見えた、それとも歳より老けて見えたか」

「病気がちの食うや食わずのその日暮らしを送っている男でございますよ。若く見えるわけがございません。亡くなる直前は四十にもまだ手が届かないのにわたしより老けて見えたくらいですから」

違う男だ――龍平は腹の中ですとんと腑《ふ》に落ちた。

二人の鉢助が、小妻村の鉢助ともうひとり、生国不明の鉢助がいる。

「そうですな。鉢助にも訪ねてまいる輩と申しますか、知人はおったようです。通夜のとき、知らずに現れて、驚いておりました。上野《うえの》の賭場で知り合ったと申しておりましたやくざふうな、遊び人ふうな男でございました」

「上野の賭場、ですか」

「借金とりかと思ったものですから、名も住まいも訊いておりません」

馬之助はまた種火の火をつけながら言った。

「太吉もそうでございます。貧しさに打ちひしがれた者がやくざな賭場に出入りして、雀の涙ほどの金をむしりとられる。見ちゃあおれません」

馬之助は溜息をつくように煙を吹いた。

「病気がちの鉢助が、棒手ふりの売り声をあげながら上野くんだりまで流して賭場で端金《はしたがね》を失い、渡世すらままならなくなる。そうでもしなければ浮世の憂《う》さが晴らせなかったのですかね。思うだけで胸がつまりました」

蟬がどこかで鳴いていた。

朽《く》ちかけた板塀の向こうに槐の木が、日盛りの下でうな垂れていた。

今年は蟬が早い。

まだ四月の下旬なのに大川端では蜩《ひぐらし》が鳴いていた。

今年は夏の訪れが馬鹿に早いから、蟬も季節を勘違いしたのかな。
とんだ勘違いだ――龍平は思った。

六

西に傾いた初夏の日が、深川の町を赤く舐《な》めていた。

龍平と寛一は、照りつける昼の残り日を背に浴びつつ、永代寺《えいたいじ》門前の通りを木《き》場《ば》の方角へ向かった。

日が西に傾いてから少し海風が吹いてきて、初夏にしては厳しすぎる日差しをやわらげていた。

「洲崎の吉祥寺《きちじようじ》弁天《べんてん》で、見かけた者がおります」

佐賀町の笠屋で太吉の行方を訊ね、笠屋の主人から、太吉が洲崎の吉祥寺弁天の境内をねぐらにし、物乞い同様の暮らしをしている噂を聞きつけた。

深川八幡前をすぎ、永代寺門前東町《えいたいじもんぜんひがしまち》から入船町《いりふねちよう》。入船町の平野《ひらの》橋を洲崎の土手へ渡って洲崎沿いを東に一本道が吉祥寺弁天へ続いている。

東に房総の遠山《とおやま》、乾《いぬい》の方角へふりかえれば江戸城、海の向こうに羽田《はねだ》に鈴ケ森、そして北には筑波山《つくばさん》がかすかに望める佳景《かけい》が四方に広がっていた。

海風が心地よく吹いていた。

群青《ぐんじょう》色の沖に白い帆が、ぽつり、ぽつり、と浮かんでいる。

「旦那、これはどういう筋書きなんですか。こんがらがって、わけがわからねえや」

寛一が龍平に話しかけた。

「おれもこんがらがっている。殺された鉢助は常州小妻村の鉢助。だが富久町の鉢助ではなかった。富久町の鉢助は生国を茂木村と言ったが、茂木村は鉢助の生国ではなかった」

龍平は菅笠の縁をあげ、北の常州の空を見た。

「小妻村の鉢助はなぜ富久町に住んでいたと言ったのだ？　もしも、富久町の鉢助は若いころに追われた生国を隠していただけで、真の生国が小妻村だったら、小妻村には鉢助が二人いた。だが小妻村の鉢助はひとりだ。だから小妻村の鉢助は富久町に住んでいたと言ったのだ」

「小妻村の鉢助がひとりだと、二度死んだことになりますね」

「そうなる」

「わかりませんねえ」

二人の歩む道の先に弁天前町《べんてんまえ》の町並と鳥居が見え、日傘を差した参詣帰りの人影がのんびりと続いてすれ違っていく。

海とは反対側の平野川の葦原《あしはら》の間を、これも日傘を差した客を乗せた猪牙《ちょき》が一艘《いっそう》、のどかに滑っていた。

弁天前町は、弁天さまの参詣客や春の終わりの潮干狩り遊びのお客を目当てに、蕎麦屋や土産物屋《みやげもの》、葦簀張りの腰かけ茶屋が東西に店をつらねていた。

お休み処の旗がなびき、茶屋からはほのかな茶の香りが道へ流れ、朱の襷《たすき》の女たちが若やいだ「お休みなさいませ」の呼び声を遊ばせていた。

龍平は茶酌み女の呼び声につられて一軒に入ると、赤い毛氈《もうせん》を敷いた長床几にひょいと腰かけた。

「あれ旦那、いかねえんですかい」

寛一がきょとんとした。

「茶を一杯、飲んでからだ」

いそいそと駆け寄ってきた女に龍平は言った。

「茶を二つと、米饅頭《まんじゅう》は置いているか」

「はい、お茶とおまんで、ございますね」

「饅頭は十ばかり、紙か竹皮に包んで持たしてくれ。手土産にしたいのだ」

色白の愛想のいい茶酌み女が塗り下駄を鳴らした。

茶碗が運ばれて、洲崎の海辺で遊んでいる人影を眺めつつ茶を喫《きっ》しているところへ、女が竹皮に包んだ米饅頭を持ってきた。

「姉さんは、近ごろ境内やここらへんをうろついている物乞いを、見かけたことはないか」

龍平は女に代金を払いながら訊いた。

「物乞いですか？　はい、ございます」

と、女はあどけない笑みを浮かべた。

「社務所の宮司《ぐうじ》さまが仰《おつしや》ってました。この春ごろから、社殿の床下に物乞いがひとり、住みついているそうです。追い払ってもいつの間にかまた戻ってくるので困っているとか。その物乞いと思いますが、江島橋の袂に坐って通りがかりに銭を乞うているのを、とき折り見かけます」

「物乞いの名前は、知っているか」

「名前は聞いたことがありません……」

「わかった。ありがとう。寛一、いこう」

龍平は床几を立って刀を差し、包みは寛一が提げた。

鳥居をくぐり参道をゆく。

境内は海岸へせり出しており、楢《なら》や桂《かつら》、椎《しい》の樹木が参道と社殿を囲んでいた。

波音が遠くで聞こえ、西日を照りかえす海が見えた。

七ツ（午後四時頃）も近くなり、参拝客はまばらである。

しきりに鳴く蟬の声が、夏の遅い午後の静けさにいっそう染みた。

龍平と寛一は社殿の裏へ廻って、暗い床下をのぞきこんだ。

光は縁の下のすぐ先までしか届かず、奥は真っ暗でほとんど見えなかった。

しかし寛一が暗がりを指差した。

「旦那、あそこに、人の足が見えますぜ」

光が途ぎれるあたりに、茣蓙の端と人の足の裏がぼんやりと見えた。

誰かが寝ているらしい。

「太吉、そこに寝ているのは太吉だな」

返事はなかった。

「北の番所の者だ。御用の筋で訊きたいことがある。顔を出してくれ」

「太吉さん、捕まえるためとか追い払うためとかじゃありません。ただちょいと話を聞かせてほしいんでさあ。饅頭があります。出てきて食いませんか」

寛一が龍平に続いて言った。

声はかえってこなかったが、足の裏が暗がりへ消え人の蠢《うごめ》く気配がした。

床下から少し埃《ほこり》っぽい臭いが流れてきた。

「太吉、石川島の人足寄場で一緒だった鉢助のことを訊きたいのだ。二番長屋であんたの隣に寝起きしていた男だ」

獣のような目が暗がりの中に見え、やがて砂埃を薄くまいあげて男が床下から這《は》い出てきた。

男は肩口がほつれてひどく汚れた帷子《かたびら》一枚だった。

手足も顔色がわからないくらい汚れており、道端で拾ったような草鞋を突っかけていた。

「太吉だな。生国は相《そう》州、仕事は笠編みの職人」

へえ——と太吉は埃で鼠《ねずみ》色になった蓬髪《ほうはつ》の頭を垂れた。

縁の下の床柱に隠れるように肩をすぼめ、痩せ衰えた顔に窪《くぼ》んだ目を用心深げに光らせた。

寛一が「これを……」と饅頭の包みを手渡した。

太吉は両手に持った包みをもじもじと見おろし、急に包みを解いて汚れた手で饅頭をつかむと、鼻息を鳴らして頬張り始めた。

相当ひもじい思いをしていたのに違いない。

「喉《のど》を詰まらせないように気をつけろ。食べながらでいいから教えてくれ。鉢助は知っているな。あんたが住んでいた富久町の馬之助店に、七年ほど前に越してきて、顔見知りだった」

太吉はすぐに二個目の饅頭にむしゃぶりつきながら、こくこくと頷いた。

「それから、三年前、人足寄場でも鉢助と会ったな。あんたの隣に寝起きし、あんたに仕こまれて竹笠編みの懲治仕事についていた」

太吉はこたえなかった。

粘つく音をたてて饅頭を咀嚼《そしやく》しつつ、考えていた。

太吉は、饅頭を飲みこんでから首を左右にふった。

違うという意味か……龍平は言い添えた。

「人足寄場にいた鉢助のことだ。生国が常州小妻村の鉢助だ。役所の帳面にも載っている。おまえが竹笠編みの手ほどきをしたのだろう」

しかし太吉は、首をまた左右にふった。

「よく考えろ。鉢助は昨日、三年の懲治を終えて寄場から帰された。寄場の役人には生国の小妻村に戻ると言っていた。そいつは、馬之助店であんたと同じ店子だった鉢助だ」

「あいつぁ、鉢助じゃあねえです」

龍平は束の間、言葉につまった。

太吉は三つの米饅頭を平らげ、四つ目をつかみ、肩を上下させて荒い息をついていた。

「何を言う。鉢助は富久町の馬之助店に七年ほど前に越してきて、近所同士だった。常州の茂木村と言っていたが、本当の生国は小妻村ではないか。あんたは五年前、馬之助店を出て、鉢助と寄場で、偶然、隣り合わせたのだろう」

「茂木村か小妻村かは、あっしは聞いておりやせん。常州としか……」

太吉は四つ目の饅頭にかぶりついた。

「けど、寄場で隣り合わせたのは鉢助じゃあねえです」

やにの溜まった目をしばたたかせた。

「でんしち、確か伝七とかいう男でやす。上野の賭場で顔を見かけたことのある男です。その賭場では鉢助も遊んでおりやした。伝七は鉢助とは、親しかったようで」

蟬の鳴き声が急に騒がしくなった。

「どういうことだ」

太吉は饅頭にかぶりついたまま、ぺこりと頭をさげた。

「あっしが、無宿狩りで寄場へ入れられて半年ぐらいたったころでやした。あの男が寄場に連れてこられ、たまたま寝床が隣り合わせたものだから、あんた、どうしてここに、ってな具合でやした。無宿狩りで捕まるような男とは思えやせんでしたし」

「伝七という男は、どういう仕事をしていた」

「どっかの商家の手代と聞きやしたが、詳しいことは知りやせん。五尺五寸ほどの痩せた男でやす。ここに疣があって、一見、遊び人ふうに見えやした」

「鉢助とは似ていないのだな」

「年も違うし、鉢助は伝七よりずっと見すぼらしい男でやす。けど、驚いたのはあの男が鉢助を名乗っていたことでやした。あいつはあっしに掌を合わせ、どうかばらさないでくれ、黙っていてくれたら礼は必ずすると言いやした」

太吉の目元は縁の影に隠れ、饅頭をゆっくり咀嚼する口元から下が西日に染まっていた。汚れた手が棒きれのように細かった。

「わけは言えねえが、身を隠さなけりゃならない事情を抱えている。たまたま鉢助が病気にかかって死んだので、真の生国は茂木村じゃなく小妻村で帳外の身と聞かされていたから、鉢助を名乗り、無宿になることを思いついたと言っておりやした」

「わざと無宿になって、わざと人足寄場に収容されたのか」

「へえ。生国に確かめれば帳外でも鉢助の名はある。寄場の役所も鉢助のことなんざあ詳しく調べたりはしやせん。三年間、大人しく我慢していれば身を隠せるだろうと、企んだようでやす」

「身を隠さなければならなかったわけとは、なんだ」

太吉は、ふらふらと首を左右にふった。

「だが、寄場にはあんたがいた」

「懲治仕事の月毎《ごと》の手間賃の幾らかを渡し、あっしを親方みたいにたてて、寄場を出たらまとまった金が入るあてがある。必ず礼をする。悪いようにはしないから黙っていてくれと、しつこく頼むもので」

龍平の傍《かたわ》らで寛一は唖然《あぜん》とし、手控帖に記す筆の手が止まっていた。

「あっしには、あいつの身を隠さなけりゃならない事情なんぞどうでもよかった。毎月銭を寄越《よこ》すし、寄場を出たらまとまった金が手に入る話はやばそうでも、先に望みが持てるじゃありやせんか」

成り変わりだ、と龍平は思った。

「ですから寄場の役所にばらしはしやせんでした。役所にばらしたって、なんの得もありやせん。そうでしょう」

太吉は言い、そこで初めてにやついた。

本物の鉢助は、生国不明のまま馬之助店で病死し、無縁仏で葬られた。

誰もそんな鉢助のことなど、気にかけはしない。

それが三年と四月《よつき》ほど前の文化十年の師走《しわす》。

それからひと月ばかりがすぎたころ、もうひとりの鉢助が越中島の古石の岡場所に現れた。

二十日かそこらで二十両ほどを使い果たし、極楽を堪能した。

金を使い果たした鉢助は、物乞いに身を落とし、二月《ふたつき》後、無宿狩りで人足寄場に入れられた。

別人に成り変わって人足寄場を隠れ場所に使ったのだ。

しかし、できないことではなかった。

そこまですべてが、図った事だったのか。

太吉と会った以外は。

昨日、三年の懲治を終えて娑婆へ帰されたもうひとりの鉢助は、元の伝七に戻っていたのかもしれない。

けれども伝七の娑婆は、冥土《めいど》への一本道だった。

「伝七が出入りしていた上野の賭場は、貸元は誰だ」

「あのころは、寛永寺《かんえいじ》門前町の猪《い》ノ熊《くま》という貸元でやした」

蟬の鳴き声と波の音が聞こえている。

安上がりで貧相な極楽か……

安上がりで貧相な極楽であっても、わけありならば、嘆くには及ぶまい。

「あんた、今の話を寄場を出てから誰かに話さなかったか」

太吉は咀嚼を止めて、食いかすのついた唇をわずかに歪めた。

話したとも、話さないとも言わなかった。

「誰に、いつ話した」

「婆婆に戻って富久町の馬之助さんの店でまたお世話になって三月ほどたったころ、常次《つねじ》って痩せた背の高い男が訪ねてきやした。笑うと歯がなくて気色の悪い地廻りふうの男でやした」

「常次、か。初めての男か」

太吉は、「へえ」と首をふった。

前襟《えり》を寛《くつろ》げた常次の肩に、彫物が見えたと言う。

常次はいきなり、「寄場で伝七に会ったんですってね」ときり出した。

「寄場の伝七のことを、ちょいと詳しく聞かせてほしいんです」

常次は、南鐐銀《なんりょうぎん》（二朱）を太吉の前に投げた。

太吉は金に目がくらんだ。伝七の寄場から出たら必ず礼をすると言った話が反《ほ》古《ご》になっても、目先のわずか一枚の南鐐銀がほしかった。

太吉は、わけは知らないが、伝七が鉢助という常州小妻村の無宿人に成り変わり、寄場に身を隠していると、知っていることを洗い浚《ざら》い話した。

「伝七も常次も、名前のほかはどこの誰やら、よくは知りやせん」

太吉の粗雑な気質がうかがえた。

博打と酒にのめりこんで、挙句に身を持ちくずしてこの始末だった。

先の望みなどなく、盗人《ぬすっと》にすらなれない。

「お役人さま、伝七、いや鉢助が昨日、寄場から帰されたと仰いやしたね。するとあの男は、寄場からすぐどこかに姿をくらませたんでやすか。あいつはいったい、どんなことをしでかしたんでやすか」

「何をやったかはわからない。ただ、その男が鉢助ではなく伝七なら、伝七は死んだよ。昨日の朝、寄場から帰されて、今朝の夜明け前、佃島の海に浮かんでいた。殺されたのだ。今、その一件を調べている」

顔色もわからないほど汚れた太吉の顔が、さらに黒ずんだかに見えた。

太吉は残りの饅頭の包みを抱え、じっと何かを考えこんだ。

「邪魔したな。これで何か食ってくれ」

龍平は、太吉の前に数十文を投げた。

「寛一、いくぞ」

社殿を鳥居の方へ曲がるときにふりかえると、縁の下の太吉は、同じ恰好でまだじっと考えこんでいるかに見えた。

七

「お帰りなさい」

麻奈が台所の板敷に灯した行灯《あんどん》の側で、裁縫をしていた。

長いうなじが、夏らしい藍《あい》色の単衣の下の背になだらかに落ち、艶《つや》めいた肌に島田《しまだ》のおくれ毛が淡い翳《かげ》りを作っていた。

「うん。戻った」

龍平は表から土間続きの台所の土間に雪駄を鳴らし、板敷へあがった。

大小の刀を寝かせてしゃがみ、行灯を挟んで麻奈と向き合った。

「お食事は、いかがなさいます？」

流しのわきに白い布巾を覆った膳《ぜん》が、ぽつんと残っていた。

「梅宮の親分のところで食ってきた。明日の手《て》はずを決めているうちに遅くなってしまった」

「そうですか。冷えた麦茶がありますので、それを……」

麻奈が台所へ立って、手早く膳を片づけ、盆に載せた茶碗を運んできた。

冷たい麦茶の香ばしさが口の中に広がった。

やっと戻った。そう思うと疲れが身体の底へ沈んでいくのがわかる。

二晩続けての宿直と夜明け前の検視、それから昼間は日盛りの下を訊きこみに歩き廻り、家が恋しい気分だった。

子供たちはもちろんのこと、舅姑《しゅうとめ》の達広と鈴与《すずよ》、下男の松助もとうに寝床へ入り、家の中は静かである。

亀島川の方から、座頭《ざとう》の笛の音が聞こえた。

行灯の明かりの側で、麻奈が運針《うんしん》に戻っていた。

「それは俊太郎の浴衣《ゆかた》だな」

「背が伸びましたので、縫い上げをおろしています」

麻奈が笑みを浮かべて言った。

「勉強はせず、遊び廻っています」

「遊びから学ぶことは沢山ある。今はそっちの勉強が忙しいのだ」

俊太郎は六歳。去年の秋の末に生まれた菜実は、家の中を這い廻るようになっていた。

「道場へ通いたいと申しましたので、父上にお習いなさいと申しますと、父上は強いのですかと、訊かれました」

子供の話が、龍平の頭をほぐした。

「母も見たことがないから知りませんとこたえたら、母上は父上が剣の腕が強いか弱いかも知らずに婚儀を結んだのですかと言いかえされました。俊太郎はあなたに似て、理屈っぽい子です」

見たことがないから知らないと言う母親と、婚儀を結んだのですかなどとませたことを言いかえす息子の真剣なやりとりがおかしい。

「理屈っぽいか。ふむ、菜実は、どうだ」

「今日、立って歩き始めました」

「え？　立ったのか。凄《すご》いな。まだ、何ヵ月だっけ」

龍平が指折り数え始めると、

「嘘ですよ。俊太郎はあなたに似て少し粗忽《そこつ》でもありますけどね」

麻奈は澄まして運針を続けている。

そういう言い方をする麻奈の気だてを、龍平は妙だと思う。

そしてこの妙な妻から伝わってくる軽みがいい、とも龍平は思うのだ。

八丁堀育ちの麻奈は、おのれのこだわりを表に出さない。

おのれのこだわりを表に出すことを、野暮だと思っている節がある。

龍平と一寸（約三センチ）ほどしか変わらぬ背丈があって、亀島小町とも評判になるほどの器量良しだが、そんな麻奈の気だてが、亀島小町は身分は低いが頭《ず》が高いとからかわれる原因にもなっていた。

しかし、舅姑の達広、鈴与にしてからがそうだ。

この家の者は、龍平が婿入りするずっと以前から奉公務めをしている下男の松助さえ気性がさらさらしていて、それが八丁堀流儀なのだと思われた。

武士であれ旗本であれどちらの氏素性であれ、地位であれ身分であれ富であれ、そういうものは神棚にでも祀《まつ》って気が向いたときに拝んでおけば十分なのさ、とでも言いたげな立ち居ふる舞いが日暮家の者らしいと思われた。

小十人組を勤める由緒ある貧乏旗本の、ごつごつとした格式とじめじめした身分に縛られた部屋住み暮らしにはなかったのびやかさが、この家にはある。

龍平は行灯越しに麻奈の白い顔へ笑いかけた。

「何か？」

「いや。なんでもない。さて、寝る前に汗を流してさっぱりするか」

龍平は伸びをして立ちあがり、羽織と白衣を脱ぎ散らした。

半刻後、蚊帳《かや》を吊った八畳の寝間に、小さな寝息をたてる菜実と俊太郎を挟んで、龍平と麻奈は横になった。

濡れ縁の板戸を一尺（約三〇センチ）ほど開けた庭から、涼風が吹き流れてきた。

くたびれた身体が、乾いた布団に溶けた。

どこかで犬が、夜空に長吠《ぼ》えを響かせた。

夜四ツをだいぶすぎている。

明日は手始めに稲荷橋あたりの物乞い小屋の訊きこみを……

と考えているうちに、意識が途切れた。

だが次の刹那《せつな》、龍平は板戸の間から暗い庭を見ていた。

とんとんとんとん。とんとんとんとん。

暗闇の中に聞こえた足音が、板戸を叩いていた。

龍平は蚊帳の中で上体を起こした。

「いい。おれがいく」

続いて上体を起こした麻奈に言った。

松助が台所の勝手口の戸を開け、真夜中の訪問者に応対する声が聞こえた。

龍平は手燭《てしょく》に明かりを灯して、寝間を出た。

勝手口で松助と言葉を交わしているのは、宮三《みやぞう》の声だった。

緊張が頭をもたげた。

「親分、何かわかったのか」

勝手口を入った土間に、神田竪大工町の人宿《ひとやど》《梅宮》の宮三と倅の寛一、そして手燭を提げた松助が立ち話をしていた。

宮三と寛一が龍平へ腰を折った。

今年四十九になる宮三の、大柄な体躯に鈍茶《にびちゃ》の単衣がよく似合っていた。

「こんな夜更《よふ》けにお騒がせして相すみません。寛一とも相談し、これはやっぱり今夜のうちにお知らせするべきだと話が決まりまして。万が一の事態を考え、寛一ともども、おうかがいいたしました」

「常次が、割れたのだな」

「あっさりと。なぜと申しますに……」

寛一がきゅっと一文字に唇を結んで、緊張を表している。

「常次という男、あっしらと同じ、御用の手先を務めておりました。火付盗賊《ひつけとうぞく》改本役《あらためほんやく》渡辺孫左衛門《わたなべまござえもん》さま配下、同心土屋半助《つちやはんすけ》の旦那に吉三郎《きちさぶろう》という手先がついております。常次は吉三郎の下っ引でやす」

「火付盗賊改、か」

そう訊きかえしたとき、龍平の心はすでに夜道へ飛び出していた。

八

吉三郎は上野浅草《あさくさ》界隈の盛り場の顔役だった。

十代のころは浅草新鳥越《しんとりごえ》町のしけた地廻りだったが、火盗《かとう》の同心土屋半助の手先を務めるようになってから、強引で荒っぽい手を使うことで顔が知られ始め、盛り場で次第に頭角《とうかく》を顕《あら》わしてきた男だった。

土屋半助の手先を務めておよそ二十年、年のころは三十七、八になった今では、一端《いっぱし》に花川戸《はなかわど》で表向きは船宿の一家をかまえていた。

女房が女将《おかみ》を務めて船宿を仕きる傍ら、若い衆をそれなりに抱え、船宿では毎晩賭場が開かれ、吉三郎は賭場を幾つか開く界隈の貸元でもあった。

常次はそんな吉三郎の若い衆のひとりで、吉三郎が土屋半助の手先を務めるときは必ず従える腕利きの諜者《ちょうじゃ》と、塵界《じんかい》では名の通った男だった。

「と言っても、あまりいい評判のたち方じゃあ、ありません。強請《ゆす》り、恐喝、たかりに騙《かた》り、なんでもありの破落戸《ごろつき》が、何年か前に吉三郎に拾われたのをきっかけに、命知らずのふる舞いが気に入られ、今じゃあ吉三郎ともども、土屋半助の旦那の腹心と言われておりやす」

寛一が舳先《へさき》で提灯を照らし、龍平、宮三の順に乗った猪牙は、亀島町から箱崎橋の行徳《ぎょうとく》河岸をすぎ、夜の大川へ滑り出ていた。

満天の星空が広がり、涼しい川風が龍平の火照《ほて》る頬を撫でていた。

「旦那が戻られた後、手の者を集めて常次と伝七の身元調べの手はずを話し始めたらすぐに、そいつぁ火盗の常次じゃありませんかと、言い出す者がおりました。その常次なら、火盗の御用と称して悪仲間でさえ怯《ひる》むくらいのえげつない事を平気でやってのける、とにかく物騒な男だそうで」

川筋は暗闇と静寂に包まれ、ただ、船頭の漕ぐ櫓の音だけが魑魅魍魎《ちみもうりょう》の息遣いのように流れていた。

「人を痛めつけて思いどおり白状させるのを得意がって、拷問をやりすぎて殺してしまい、死体の始末に困ったと話していた、なんて噂もあります。歯が数本しか残っておらず、笑うとひどく気色の悪い顔になり、弁天さまの彫物を背中に入れております」

常次には四谷《よつや》鮫ヶ橋《さめがばし》の岡場所に馴染みの女郎がいて、その女郎屋に入り浸って女郎屋の主人を嘆かせているという噂だった。

「何しろ火盗の御用を務めている性質《たち》の悪い男だから、怒らせたら仕かえしに何をされるか知れないということで主人は追い出すこともできず、たかりも同然に居坐っているそうで」

「伝七とのかかわりは、わからないのだな」

「今のところは、不明です」

火盗の手の者というのがやっかいだが、伝七殺しの手がかりになる男だ。手がかりがある以上、ためらってはいられなかった。

宮三は、龍平が物心つく以前から水道橋稲荷小路の沢木家に出入りし、渡りの奉公人を周旋《しゅうせん》していた人宿・梅宮の主人である。

龍平が幼かったころ、稲荷小路の屋敷へ顔を出すたびに、

「坊っちゃんは見どころがある。末が楽しみだ」

などと言って可愛がってくれ、龍平も父親七郎兵衛を口真似て、宮三を《梅宮の親分》と偉そうに呼び、子供のころから梅宮一家のように気安く神田《かんだ》の店に出入りしていた。

先に望みのない部屋住みのまま二十三歳になった龍平に町方日暮家への婿入り話がきたとき、一族が町方などと反対する中、

「さすがは坊っちゃん、これからは町方は江戸の花形ですぜ」

と陰から後押ししてくれたのが宮三だった。

また龍平が町方に就いたころ、馴れない務めに苦闘する龍平を人宿稼業の伝《つて》を十分に生かした働きで助けてくれ、今では龍平の手先として、ときには耳目《じもく》となり、相談役、知恵袋を務める有能な右腕である。

そして宮三夫婦に遅く生まれた倅寛一は、龍平を《龍ちゃん》と呼んで兄のように慕い、二年前の十六のときから父親宮三とともに龍平の手先を務め始めた梅宮の跡とり息子だった。

そんな三人を乗せた猪牙は、大川から神田川をのぼり、御茶《おちゃ》の水《みず》をすぎ、牛込の荷揚場で船からあがり、お堀沿いの道をとって四谷御門へ着いたときは、夜九ツを廻っていた。

鮫ヶ橋は下等な女郎屋や色茶屋が岡場所を作る場末の町だが、界隈に鉄砲や弓の御先手組《おさきてぐみ》、御持組《おもちぐみ》などの御家人の組屋敷が多く、また寺院も多い。

宮三が先に立ち、鮫ヶ橋谷《たに》町の南寺《みなみてら》町の小路へ入った。

入ってすぐのどす黒い闇の沈む路地に、三軒ほどの二階家が文珠院《もんじゆいん》という寺の、土塀に沿って並んでいる。

「暗くて見えませんが、奥の《嶋田《しまだ》》という女郎屋です。いきましょう」

どぶ板を踏み、嶋田の表に立った。

二階の出格子《でごうし》が路地にせり出している。

宮三が閉じた板戸を叩いた。

「嶋田さん、ちょいと御用の筋だ。開けてくれるかい、嶋田さん」

夜の暗闇の中で、宮三の低く響く声と板戸を震わす音は、ぞっとするような凄みがあった。

間を置いて、中から「ただ今」とひそめた男の声が聞こえた。

たてつけの悪い板戸が、ごねながら開き、手燭の明かりがもれた。

寛一が提灯をかざすと、寝間着代わりの浴衣を着た小柄な初老の主人が腰をかがめていた。

龍平、宮三、寛一の順に狭い土間へ入った。

障子をたてた寄りつきがあり、土間の端から履き物を脱いで二階へあがる狭い階段があった。土間に下駄や草履が散らかっていた。

「北の番所の者だ。常次はきているな」

龍平は声を抑えて、十手をかざした。

初老の主人は怯《おび》え、腰をかがめたままさらに頭を低くした。

「へえ。下へ呼びますか」

主人は階段の上を指差した。

「どの部屋だ」

「階段をあがって三つあるうちの、手前のちょうどこの上の部屋です」

「出格子のある部屋だな。こっちがいく。親分、寛一、万が一の用心に外を見張っていてくれ。きてほしいときは大声で呼ぶ」

「承知。外は任せてくだせえ。けどひとりより、寛一を連れていったほうがよかありませんか」

「造りが狭そうだ。ひとりの方が動きやすい。亭主、手燭を借りる」

天井が低く、柱は黒ずみ、障子はところどころが破れていた。

龍平は宮三と寛一へ目配せして、階段を音をたてずにあがった。

狭い廊下の奥と左右に襖《ふすま》がたっていた。

女の艶めいた声が聞こえ、龍平が廊下を軋ませると止んだ。

龍平は襖の外から声をかけた。

「常次さん、北の番所の者だ。御用の筋で訊きたいことがある。開けるぞ」

短い間を置いて、くぐもった男の声がかえってきた。

「なんでい、くそ」

女の声が続き、

「知らねえよ。どけ」

と男が言い、人の動く気配がした。

龍平は襖をすっと開けた。

かざした手燭の中に、蚊帳が吊るしてあり、蚊帳から出てくる下帯だけの裸に女の長襦袢《じゆばん》を羽織った男が照らされた。

ちえ、と男は舌打ちした。

痩せて背が高く、締まった身体は精悍《せいかん》に脂ぎって見えた。

「常次さんだな」

「そうだ。なんでい、今時分」

龍平と常次は襖の敷居を挟んで向き合った。

背丈は龍平と同じくらいだった。はだけた糯袢の肩に彫物が見えた。

蚊帳の中に裸の女が背中を向けていた。

「伝七のことを訊きたいのだ。あんたが探していた伝七だ。伝七の行方を追って、深川富久町の馬之助店の太吉を訪ねただろう。笠編み職人の太吉だ。太吉は石川島の人足寄場で伝七と同じ長屋に寝起きしていた」

「伝七？　知らねえな。こっちは寄場に入れられた野郎なんぞに用はねえし、太吉なんぞ、訪ねちゃいねえよ」

常次の歪めた唇の間から、まばらな歯と赤い口の中が見えた。

「あんたのことは太吉が覚えているのだ。伝七の行方を追っていたのだろう。伝七にどんな用があったのか、聞かせてくれ」

「るせえな。用なんぞねえって言ってるだろう。帰《け》えれ」

「伝七は常州小妻村の無宿鉢助と名乗っていた。誰かから身を隠すため、無宿鉢助に成り変わって、寄場暮らしをしていたのだ。あんたに追われていたからではないのか」

「てめえ、しつこい野郎だな。町方だから恐れいりやしたってぺこぺこすると思ったら、大間違いだぜ」

「そうか。知らぬならいい。ところで昨日一日、あんたはどこにいて、誰と会い何をしていた。昨日一日の行動を詳しく訊きたい」

「ただ外をぶらぶら、ほっつき歩いてただけさ」

「外のどの町をぶらぶらしていた。北新堀町のあたりか。あのあたりで伝七が通りかかるのを待っていたのではないか。伝七は昨日、寄場から娑婆に戻り北新堀町の往来を通りかかった節がある」

「てめえ、馬鹿か。用もねえのになんで伝七とやらを待つんだ」

「ならば仕方がない。そこの自身番まできてくれ。あんたの昨日の詳しい行動を訊かねばならん」

「しゃら臭《く》せえことぬかしやがって。てめえに話すことなんぞねえ」

「常次さん、あんた火盗の土屋半助さんの御用を務めているそうだな。あんたが協力しないとなると、奉行所から火盗の本役渡辺さまを通して土屋さんに話がいくことになる。土屋さんもちょっとやっかいな立場になるかもしれないぞ。なぜなら、伝七は昨日殺された。そうじゃないか、常次さん」

常次の顔の陰翳《いんえい》が、手燭の明かりの中でゆれていた。
ふん、と常次は唇を歪めた。
「わかったよ。支度するから、待ってな」
常次は部屋の衣紋掛《えもんかけ》にかかった着物をとりにいくかに見えた。
肩と首筋をほぐす仕種《しぐさ》をした。
それから、ふああっ……とわざとらしく欠伸《あくび》をした。
龍平にちらりと横顔を向け、瘦《こ》けた頰をゆるめた。
「はいはい、わかりましたよ」
そしてひょいとかがんで、蚊帳をめくって布団の下からどすをつかみ出した。
間抜けえっ——吐き捨てたかと思うと、窓の板戸へ突進した。
一枚の板戸を、ばあん、と外へ蹴り飛ばした。
蚊帳の中の女が悲鳴をあげた。
常次は出格子の上縁に足をかけて獣のように飛びあがった。
一瞬の早技だった。
蚊帳が邪魔になり、龍平は常次に追いつけなかった。
乱暴に瓦《かわら》を踏む音が屋根から聞こえた。

路地を足音が駆けた。

手燭の火を消し、出格子から顔を出すと、寛一が提灯をかかげ、

「旦那、屋根だ。屋根へ逃げやした」

と叫んだ。

宮三が路地を走り出ていく。

「寛一、呼子《よびこ》を吹け」

龍平は言うやいなや、出格子の上縁を踏み台にして二階家の屋根へ這いあがった。古い瓦が足の下でぐらぐらし、音をたてた。

ぴぃぃぃぃ、ぴぃぃぃぃ……呼子が夜空に木霊《こだま》した。

龍平は黒羽織の裾を帯へ挟み、白衣を裾端折りにしながら屋根を走った。恰好なんぞかまっていられない。

十手を抜き右手に提げ、左手はゆれる刀を押さえた。

屋根が折り重なる先を、夜目にもひらめく常次の赤い襦袢が見える。

大棟《おおむね》を駆けあがり、下り棟を走り、隣の屋根へひらりと飛んだ。

町は細い路地が入り組んで棟の間が狭く、常次は軽々と屋根から屋根へ飛び移っていく。

寛一の呼子が鳴り、小路を追いかける宮三の足音が聞こえていた。

だが宮三の足音は、屋根を飛び越えていく常次から次第に離されていた。

素早い男だった。

龍平は足先に細心の注意を払いつつ次々と屋根を飛び、狭い軒屋根を踏み鳴らし、駆けに駆けた。

馴れない足元が覚束《おぼつか》なく、もどかしい。

それでも、常次の赤い襦袢のひらめきが次第に近づいていた。

屋根瓦の折り重なる向こうに、ひと際高い蔵の白壁と屋根がそびえていた。

常次は平屋の屋根の大棟の上を伝い、その蔵の手前で止まった。

それから追い縋《すが》る龍平へふり向き、荒い息をつきながら、

「きやがれ。相手になってやるぜ」

と喚いた。

そして蔵へ向き直って手にしたどすを口に咥《くわ》え、ぐうっ、とひと声うなり、小路を隔てた蔵の軒庇へ飛びついたのだ。

と見る間に、軒庇の端に足をかけ、蔵の急勾配の屋根へよっこらしょと躍りあがった。

常次は瓦を鳴らして蔵の大棟へ立つと、勝ち誇ったようにどすを突きあげ、隣の屋根まできた龍平を見くだした。

「さんぴん、ここまでは恐くてこれねえか。追いかけてはきたものの、ここまでだな。こちとら、さんぴんと付き合っちゃあいられねえんだ。あばよ、残念だったな」

常次がせせら笑った。

「常次さん、まだ話は訊き終わっていない」

龍平が夜の帳《とばり》を透して言った。

「往生際《おうじようぎわ》の悪いやつだぜ」

常次はひと息ついて、額の汗を襦袢の袖で拭った。

瞬間――

平屋の大棟に立っていた龍平は両膝を深々と折った。

と、次の瞬間、両足を力強く蹴ってのぶすま（むささび）のように夜空を飛んだのだった。

常次は唖然《あぜん》として動けなかった。

夜空を舞う獣がどこへ飛んでいくのかと、呆然《ぼうぜん》と眺めただけだった。

ぶうん、と闇が鳴った。

すると獣は、常次が立つ蔵の大棟の、数間離れた先へぴたりとおり立ったから、常次の開いた口はふさがらなかった。

なんだよ、こいつ——常次は呟き、それから全身を震わせた。

恐ろしい物《もの》の怪《け》を、相手にしているような気がした。

「常次さん、自身番へきてもらおう」

龍平が十手を常次に突きつけた。

「て、てめえ、ぶぶ、ぶっ殺してやる」

それでも常次は懸命に喚いた。

下界で犬の吠え声がした。

寛一の呼子に応じて、町内の自身番の役人らが集まり始めていた。

常次はどすをかざし、右、左、とふり廻した。

打ちかかったどすは、龍平に届かず、空《くう》を泳いだ。

「大人しく、しろ」

龍平が踏みこみ、打ち下ろした十手が常次の額を痛打した。

あ、つう……

怒りに任せてふり廻した常次のどすが、また空をきった。

しかし龍平の二打目の十手は、的確に常次の頰を捉えた。

常次は悲鳴をあげ、額と頰を押さえて大棟にへたりこんだ。

「痛《いて》えよう」

泣き声になった。

「旦那、だんなあ」

蔵の下で宮三と寛一の声がした。

自身番の役人らも集まっているらしく、提灯の明かりが下に見えた。

「おう。今、おりる」

龍平は下へ声をかけた。

「常次、立て。いくぞ」

龍平は、痛みに堪え兼ねて呻き声を漏らしている常次の腕に手をかけた。

そのとき、がたん、と瓦が鳴った。

「てめえ、地獄へ落ちろ」

常次が叫び、下からどすを突きあげた。

龍平が身を反らして切っ先をよけると、常次は勢いのまま飛びあがって、強靭《きようじん》な足蹴りを見舞った。

龍平は上体を回転させつつかがみ、常次の足蹴りを十手でしたたかに払った。

咄嗟《とっさ》に、後退るのではなくかがんだまま前へ身体を逃がし、常次との立ち位置を入れ替えた。

常次の身体は空を泳ぎ、下り棟へ突っこんで転倒した。

それから急勾配の下り棟を、滑り落ちていく。

「あわわわ」

常次が悲鳴をあげ、四肢を突っ張った。

だが滑り落ちていく身体を止められなかった。

ぎゃっ。

と、ひと声短く発すると、最後につかんだ軒庇の瓦とともに蔵の屋根から闇の中へ没したのだった。

鈍く何かが砕ける音がした。

蔵の下の提灯の明かりとざわめきが、音のした方へ走った。

「旦那、だんなあっ」

下から寛一が呼んだ。

「寛一、常次はどうなった」

龍平は寛一に訊いた。

「へい。ここに伸びておりやす。だめだ。息をしておりません」

「首の骨が折れてます。心の臓も止まってますぜ」

と宮三が言った。

疲れが押し寄せるのを覚え、溜息が出た。

「だめか」

龍平は呟き、ぼんやりと満天の星空を見あげた。

近所の犬がしきりに吠えていた。

不意に、勘違いをした春蟬が近くの闇で鳴き始めた。

みいんみいん……

長い一日だったと、龍平は気がついた。

第二話　冬の風鈴

一

日の出の刻限とともに月番の北御番所表門が開かれると、家主に付き添われた公事人《くじにん》らが畏《かしこ》まりつつ表門をくぐった。

みな羽織袴《はおりはかま》の拵《こしら》えだが、素足に草履《ぞうり》である。

表門から玄関へ向かう石畳《いしだたみ》の左手に白州《しらす》入り口があり、公事人らは敷《し》き詰《つ》めた砂利をざくざくと鳴らしつつ、入り口から公事人溜《だま》りへ入っていく。

公事人溜りには粗末な木の腰かけしかない。

訴人《そにん》、相手方、双方の付き添いの家主らは、白州の番人から、

「……の一件、入られましょう」

と呼ばれるまで、この公事人溜りで待たなければならない。

公事詮議《せんぎ》の日や刻限は奉行所の命令で、欠席遅参は処罰される。

だが、前の詮議が長引いて長時間待たされることもある。

公事人溜りで弁当を使うことは許されているものの、いつ呼ばれるかわからないからおちおち弁当も開けない。

公事人が多くなったときは、表門前の腰かけ茶屋で待つこともあった。

順番がくると、腰かけ茶屋へ下番《かばん》が「……の一件の者」と呼びにくる。

詮議所での詮議が始まるまでには、まだ早い刻限だった。

朝から蒸すけれども、はっきりしない空模様である。

鬼門の奉行所丑寅《うしとら》隅へ設《しつら》えた稲荷《いなり》の木陰で、蜩《ひぐらし》が鳴いていた。

黒羽織に白衣《びやくえ》の定服《じようふく》の同心や下級武士でも役裃《かみしも》である与力が、

「今からこんなに暑いと、先が思いやられるな」

「まったくです。ひと雨、ざっとほしいところです」

「今年は、妙な天気が続きますな。もう蜩が鳴いております」

などとゆるい会話を交わしながら、三々五々、表門をくぐってくる。

ちなみに町方与力《よりき》が羽織袴になったのは、文久《ぶんきゆう》（一八六一〜）以後である。

その表門から北へとって、呉服橋御門に当たる角を海鼠塀《なまこべい》沿いに西へ折れると奉行所の物見櫓《やぐら》が見え、物見をすぎた西の突きあたりに、奉行所裏門が東に向いてかまえている。

裏門は、奉行所雇いの中間《ちゅうげん》小者《こもの》、手廻り、陸尺《ろくしゃく》、足軽《あしがる》、奉行所御用達《ごようたし》の商人《あきんど》らが出入りし、門をくぐった左側に門番所がある。

五月初めのその朝、侍と町人風体《ふうてい》の二人連れが裏門をくぐり、門番所の前に立った。

「拙者《せっしゃ》、火付盗賊改《ひつけとうぞくあらため》渡辺孫左衛門さま配下の同心《どうしん》、土屋半助と申す」

門番に名乗った侍は、大黄色《だいおう》の小袖《こそで》に二本をりゅうと差し、深網笠《あみがさ》を脇に抱えた恰幅《かっぷく》のいい男だった。

羽織に着流しの四十前に見える町人へ目配せし、

「この者は吉三郎と申し、わが手先を務める者。本日は、わたくし事ゆえこちらより推参いたした。なにとぞ廻り方の春原繁太《しげた》どのにとり次を頼みたい」

と頰骨と顎《あご》の張った浅黒い顔を門番へ向けた。

門番は戸惑った。

裏門は奉行所表向きの御用ではなく、裏方の御用を賄《まかな》う者の出入りする通用門であり、役人に用なら、たとえわたくし事でも表門へ廻ってもらいたい。しかし門番は火盗《かとう》の役人の血走った目に射すくめられ、「表門へ」とは言い出しかねた。

「お伝えしてまいります」

と、相方を残して表門脇の同心詰所《つめしょ》へとり次にいった。

戻ってきた門番が、「少々お待ちを」と伝えてほどなく、痩肉《やせじし》に不釣合いに大きな目が、顔だちをどことなくひょうきんに見せている春原繁太が、裏門番所へ気だるそうに現れた。

「ああ、土屋さん、お久しぶりです」

春原は尖った顎の上の部厚い唇をぼんやり開けて、小首をふった。

「ご無沙汰《ぶさた》いたした、春原さん。相変わらず、忙しそうですな」

土屋は血走った目をゆるませた。

後ろに従う吉三郎が、春原へ腰を折った。

「両国の《天野屋《あまのや》》でご一緒して以来ですから、かれこれ一年になりますかな」

「その節はお世話になりました」

「お気遣いなく。少しお痩せになられ、すっきりなさった」

「気をもむことが多くて。そのうえに連日の暑気にへばり気味です。食が進みませんのです」

春原は体調が思わしくないというふうに、笑みを作った。

気候の変化についていけないおのれの体調を、すぐ人に訴えるくせがある。務めについての不満も多く、抱える掛《かかり》が多くなるとすぐ愚痴《ぐち》をこぼす。ついた綽名《あだな》が、泣きの春原、である。

「この暑さの中で、廻り方のお役目はきつい。近々、また天野屋で暑気払いでもやりましょう」

「そうですね。ところで、今日はどうして裏門から？　御用なら表に廻ってくだされればよかったのに」

「あくまでわたくしの一存でまいりましたので、あまり表だたぬ方がよろしいかと判断いたし……」

土屋は笑い声を抑えた。

「火盗の御用ではないのですか」

「御用と申せば御用です。だが頭《かしら》の渡辺さまは、わたしがこちらへきたことをご存じではない」

春原は警戒の色を浮かべた。

やっかいな頼みごとを持ちかけられるのはご免だった。

土屋は火盗の廻り方だが、あまり評判のいい男ではなかった。

「立ち話もなんですから、どこか、内々に話せる場所はありませんか。手間はとらせません。それから、春原さんの配下で日暮龍平と仰《おっしゃ》る方がおられますな。日暮さんにもご同席願えればありがたい」

「はあ……ひぐれ、ですか」

春原は曖昧《あいまい》に応えた。


そこは物見がある長屋の西隣の部屋だった。

長屋のその部屋にも土間と玄関があり、春原と龍平は玄関部屋に続く部屋の押し入れを背に着座し、土屋と後ろに控えた吉三郎が龍平らと対座した。

物見の東側に稲荷の祠《ほこら》が建っていて、敷地の樹林で騒ぐ鵯の鳴き声がよく聞こえた。

土屋と吉三郎は、春原よりも龍平に目を向けることが多かった。

殊《こと》に吉三郎は、龍平の挙動にしつこい視線を絡ませてきた。

「常次が土屋さんの御用聞きを務めていることは承知しておりました。ですがあの夜は、鉢助、と言いますか、鉢助に成り変わった伝七殺し探索の大事な時期でしたので、訊きこみを急いでおりました。結果としてああなってしまったのですから、土屋さんに立ち会ってもらうべきだったと、悔んでおります」

龍平が言うと、隣の春原が腕組みをして頷《うなず》いた。

「確かに、常次が死んでしまったのでは、事情を明らかにすることが難しくなりましたからな。伝七も殺され、成り変わりで人足寄場《にんそくよせば》にいたわけや、常次と伝七とのかかわりも、ぜんぶ藪《やぶ》の中だ」

土屋は畳へ顔を落とし、上目遣いに龍平を睨《にら》んだ。

「あいや。日暮さんの始末について、異存があるのでも苦情を申すのでもござらん。常次がわれらに隠れて解《げ》せぬ動きをしていたことは事実なようだ。ああいう者を使っておった拙者の手落ちでもあります」

「まったく、手先の末端の者まで目を配るのは難しいですよ。手下を抱える親分にしっかり面倒を見てもらわないと、われらには手が廻りません」

春原が土屋の気持ちを酌《く》んで、口を挟んだ。

吉三郎は唇を歪《ゆが》めて春原を睨み、それから龍平へ眼差しを戻した。

「常次はあれで、諜者《ちょうじゃ》としては有能な男でした。拙者らも重宝しておったのです。なあ吉三郎」

「へえ。てめえの命なんぞ、これっぽっちも気にかけちゃあいねえ鉄砲玉みてえな男でやした。ああいう命知らずは、そうはいやせん」

「残念ながら素行に難点があった。吉三郎も気配りが足りなかった。ただ、日暮さんも春原さんもわかっていただけると思うが、悪事を働く者をとり締まるのは綺麗ごとではすみません。常次みたいな男が、ときには必要なのです」

「そうでやすね。先走りすぎて、歯止めが利かねえ扱いにくいところが、常次らしいともいえば言えやした」

吉三郎が土屋へ相槌《あいづち》を打った。

三日前の夜の、鮫ヶ橋の土蔵の屋根に立っていた常次の姿がよぎった。

綺麗ごとでないことはわかる。しかしあれが常次らしいとは、よく言ったものだ。

龍平は少し腹がたった。

「吉三郎さん、常次はなぜ逃げたのだろう」

龍平は、絡みついてくる吉三郎の目を押しかえして言った。

「町方に真夜中に押しかけられて、伝七のことをしつこく訊《き》かれて煩《わずら》わしかったのはわかるが、わけも言わず逃げ出せばこちらは追いかけざるを得ない。おのれの立場を悪くするだけだと、思わなかったのだろうか」

「ふん。日暮さまは頭から伝七殺しを常次がやったと、疑ってかかっていらっしゃった。常次には日暮さまの疑いがわかった。勘のいいやつだったんでね。だから思わず恐くなって逃げた。そういうことじゃあ、ねえんですか」

「吉三郎さんは、常次が伝七殺しにかかわりがあったとは見ていないのか」

「さあねえ。あったかもしれねえし、なかったかもしれねえ」

吉三郎は、顔をそむけた。

「常次の件はすぎたことだ。それより肝心なことは、常次が伝七の何を拙者らにも知らせず探っていたのか、なのです」

と、土屋が薄すらと笑みを浮かべた。

「吉三郎の手下であり拙者の御用を務めておる男でしたから、常次が鮫ヶ橋で日暮さんに追われ命を落としたあと、すぐにでも春原さんや日暮さんに釈明にくるべきだと、思ってはおったのです。しかしながら拙者らとて、何事があったのか、意味がわからなかった」

それで、念のため吉三郎に調べさせ——と土屋は続けた。

「どうやら常次は、三年四月《よつき》前の一月、小日向で質屋を営む朱鷺屋長左衛門が赤城明神下の妾宅《しょうたく》で二人組の押しこみに襲われ命を落とした一件の、二人組の片割れが伝七らしいと疑いを抱き、ひそかに追っていたようなのです」

「うん？　どういうことですか」

春原が首を傾《かし》げて訊き直した。

「不審に思われるのも無理はない。われらでさえよくわからんのですから。まず朱鷺屋長左衛門妾宅の押しこみの一件は、拙者が掛を命じられ、ここにおる吉三郎や手下の常次らの手を借りて探索にあたりました」

「確かあの一件は、まだ落着していませんね」

龍平は土屋をまっすぐ見つめた。

「さすが、よくご存じだ。面目《めんぼく》ないがそのとおりです」

土屋は唇を一文字に結び、頷いた。

二人組の押しこみが朱鷺屋長左衛門の妾宅を襲い、長左衛門の命と数十両と言われている金を奪った三年四月前の一件は覚えている。

火付盗賊改がいち早く赤城明神下の長左衛門の妾宅に駆けつけ、二人組の押しこみ探索は火盗があたることになった。だが火盗の探索にもかかわらず、押しこみの目星はつかず、賊は不明のままときがすぎた。

奉行所ではいっとき、火盗がやっきになってわからないのだから、赤城明神下の一件は江戸見物を装った流しの押しこみで、賊はとうに上方《かみがた》へでも逃げたのではないか、などと噂《うわさ》になったことさえあった。

とにかく一件は永尋《ながたず》ねになり、三年四月のときが流れ、少なくとも掛の者のいない北町奉行所では、忘れられたも同然の一件だった。

龍平は一件の掛が火盗の同心土屋半助だったと、今初めて知ったうえに、殺された伝七が一件の賊の片割れだった見こみを示唆されたのだ。

内心、意外だった。

「日暮さん、伝七の素性は割れておりますか」

土屋が膝《ひざ》へ片腕を突き、片方の肘《ひじ》を張って身を乗り出した。

「いえ。上野の貸元黒門《くろもん》の猪ノ熊の賭場《とば》に出入りしていて、常州の鉢助とは猪ノ熊の賭場で顔見知りになったようです。三年以上前に賭場へ出入りしていた客や博徒《ばくと》らに伝七の素性の訊きこみを進めておりますが、どこかの商家の奉公人らしいという以外、未だつかんでおりません」

「でしょうな。ああいう場所は人の入れ替わりが激しい。三年以上もたつと、当時出入りしていた者は、多くは行方がわからなくなったり命を落としたりしてるので、驚かされますよ」

「貸元の猪ノ熊さえ去年亡くなり、東六《とうろく》という手下の男が賭場の胴とりをしておりました」

「伝七が鉢助に成り変わって人足寄場へ入り、三年の懲治《ちょうじ》暮らしに堪《た》えたのもそこが狙いだったのでしょう。賭場でもおのれが知られないように、配慮して素性を隠していた節がある。前から周到に備えていたと思われます」

「前から周到に？　では伝七のことはご存じなのですね」

「伝七は、朱鷺屋長左衛門の質屋に雇われていた手代なのです。赤城明神下の一件が起こるひと月ほど前に、郷里の信濃《しなの》へ戻り百姓をやると申して朱鷺屋を辞めて江戸を引き払ったことになっていた」

　そこで土屋は、にやりと顔を歪めた。

「朱鷺屋も人使いの荒い評判のよくない店《たな》でしてな。人の出入りが頻繁《ひんぱん》で、伝七と同じ元奉公人が何人もおりました。それで、伝七も疑わしい元奉公人らのひとりではあったものの、一応調べた結果、特段に不審な点は見られず、探索の初めでは疑っていなかった男です」

龍平は、奇妙な戸惑いを覚えた。

隣の春原が腕組みをし、よくわからん、という仕種《しぐさ》で首をひねった。

二

三年四月前の文化十一甲戌年《きのえいぬ》（一八一四）一月下旬の夜更《よふ》け、牛込赤城明神下の長左衛門の妾宅が二人組の押しこみに襲われた。

長左衛門は小日向で質屋の朱鷺屋を営む、界隈《かいわい》では名の知られた裕福な初老の主《あるじ》だった。

妾宅には長左衛門のほかに、その年二十六歳の妾《めかけ》奉公の林《りん》と住みこみで下女奉公に雇われていた二十歳の末《すえ》の二人がいて、長左衛門と林は二階の四畳半に、末は階下の二間ある台所の側の三畳で寝ていた。

末が見たところによれば、二人組のひとりは背が高く、ひとりは小柄で、二人とも黒い着物を裾端折《すそはしょ》りにし、黒足袋《たび》に長どすを腰に差し、目だけを出した頰かむりをしていた。

そのうえ暗闇だったため、顔はわからなかった。

真夜中の八ツ（午前二時頃）に近いころ、末がふと不穏《ふおん》な気配に目覚めると、冷たい刃《やいば》を突きつけられていたと言う。

「騒ぐな。大人しく従えば命は助けてやる」

小柄な方の賊が言った。

賊は、長左衛門、林、末の三人を居間に集め、背の高い賊が刀を突きつけ、小柄な賊が手足を縛りあげ猿轡《さるぐつわ》を噛《か》ませた。

林と末は居間の押し入れに押しこめられ、

「死にたくなかったら、じっとしてろ」

と、布団《ふとん》をかぶせられた。

賊の抑えた声、長左衛門の呻《うめ》き声、家捜しをする気配が、押し入れの二人にまで聞こえてきた。

賊の家捜しは、長くはかからなかった。

四半刻（約三〇分）ほどして長左衛門の抵抗する物音がし、すぐに獣じみた不気味な細い声が続いた。

「やったのか」

賊のひとりが言っていた。

たぶんそれは小柄な方で、もうひとりは一度も口を利かなかった。

林と末は、恐怖にただ震えるばかりで声を出せなかった。

やがて賊が去ったらしく、家の中は静まりかえり長いときがすぎた。

末は縛られたまま身体を襖《ふすま》にぶつけて倒し、居間に這《は》い出た。

すると、暗闇の中に横たわる長左衛門らしき人影が見えた。

「倅《せがれ》の長吾《ちょうご》の使いから知らせを受けて赤城明神下へいったときは、自身番《じしんばん》の町《ちょう》役人らはいたが、町方はまだ出張っておりませんでした」

と土屋は続けた。

「質屋という仕事柄、朱鷺屋には日ごろより出入りを頼まれておりました。近所を通りかかった折りは必ず顔を出し、長左衛門のみならず倅の長吾とも馴染《なじ》みでした。だが、妾宅までは手が廻らなかった。妾宅を狙うとは、賊は裕福な長左衛門の妾宅と知っていた」

朱鷺屋の事情に詳しい者の手口が怪しまれた。

けれど、裕福な質屋だったとしても妾宅に置いていた金はせいぜい数十両。

朱鷺屋の事情に詳しい者の押しこみならば、たとえ奉公人がいても小日向の店の大きな金を狙う方が筋が通る。

やはりこの押しこみは、流しの一味のゆきずりの仕業という推量に落ちついたのだった。

ただ長左衛門は、心の臓をひと突きにされていた。

相当手馴れた者の手口だった。

家の中はさほど荒らされておらず、家捜しにときはかからなかった。

長左衛門は威《おど》され、すぐに金の在処《ありか》を白状したと見える。

なのに賊は長左衛門をひと突きにした。そんな凶悪な賊が、女には手をかけなかった。

女だからと、目こぼしは考えられなくはない。

だが龍平はそのとき、かすかに訝《いぶか》しく思った。

何が怪しいとも言えない、ささやかな、束の間の疑念だった。

女、だからなのか……

「近所に賊を見た者はいない。賊が残した物もない。散々訊きこみをしたが手がかりはつかめない。内情に詳しい顔見知りの筋も、当然、すべて洗ったが何も浮かんでこなかった。こりゃあ流しの押しこみで、賊はとっくに江戸から姿をくらましたと、見なさざるを得ませんでした」

それが、賊の片割れが朱鷺屋の元奉公人の伝七で、しかも探索の掛だった土屋の手先を務めていた常次が、旦那の土屋に隠れてひそかに伝七を追い続け、挙《あげ》句《く》、伝七を殺害したとなれば、土屋の面目は丸潰《つぶ》れだった。

火盗同心の役目を解かれる咎《とが》めも考えられた。

「というわけで、お頭の渡辺さまには常次が吉三郎の下っ引だったことは伝えてはおりません。本日、表だたぬように裏門からおうかがいした拙者らの苦衷《くちゅう》をお察しいただきたい。この一件はなんとしても、拙者らの手で落着を図らねば、面目が施《ほどこ》せんのですよ」

龍平と春原は顔を見合わせた。

「どういうことですか」

春原が背中を丸め、上目遣いに土屋を見た。

「ですから、朱鷺屋長左衛門の一件は元々拙者の掛であり、これから伝七の片割れを見つけ出さねばなりません。鉢助に成り変わっていた伝七殺しの一件は町方の掛ですが、それは常次のやったことで落着したも同然です。これより後は拙者にお任せ願いたいということなのです」

「町方は調べの手を引けと、仰るのですか」

龍平の口調が強くなった。

「手を引け、ではなく、お任せ願いたいと頼んでおる」

「伝七殺しは町方の掛です。常次が伝七殺しにかかわっていたと見こまれ、その事情に三年四月前の押しこみが絡んでいるのであれば、朱鷺屋の一件を調べないわけにはいきません」

「そのとおり。お若いのに掛を命じられただけのことはある。日暮さんの手柄をたてたい気持ちはわかります。常次の件では、すでに手柄をたてられた」

吉三郎が龍平に暗い眼差しを絡ませた。

「ですが、日暮さん、拙者は手柄がほしいのではないのです。この一件は拙者が始末をつけないことには立つ瀬がないのです。町方の役目でもそういうことはあるでしょう」

龍平は土屋から目をそらさなかった。

「仰るとおり、建て前は町方の掛だ。ですが、朱鷺屋一件の掛、拙者の役目と競合することになるのですから、今回は拙者の顔をたてて譲っていただけませんかと、お願い申しておる。おわかりか」

土屋は龍平がこたえぬうちに、意味ありげな含み笑いをもらした。

「このおかえしは、必ずいたします。火盗のおかえしは、それなりに役にたちますよ。ねえ、春原さん、そうでしょう。春原さんからもひと言、日暮さんにとりなしてくださいよ」

春原は言われて、「ええっ」と大きな目をむいた。

「ああ、いやまあ、そうでしたか、なあ……」

顔を脇にそらして、曖昧に言葉を濁《にご》した。

土屋はそれとなくこれまでの馴れ合いをほのめかしつつ、春原をだしにして龍平に手を引けと威嚇《いかく》している。

そういう露骨なやり方に慣れているのだろう。

わかりました――とは、龍平は言わなかった。

「土屋さん、常次はどうやって伝七が押しこみの片割れだという疑いを持ったのですか。土屋さんでさえつかんでいなかったのに。当然、親分の吉三郎さんも知らなかったのでしょうね」

「常次がどういう筋からそれをつかんだか、調べておるところです。間違いなく、伝七を疑う証《あかし》になるねたが、あったはずですからな」

「伝七の殺され方を推察するに、手をくだした者は三、四人、あるいはもっといたと見こまれます。常次の悪仲間を、吉三郎さんは知らないのか」

「悪仲間、ねえ……」

吉三郎は、ふん、と鼻先で笑い、ふてぶてしく見かえした。

かまわず龍平は土屋へ向き直った。

「常次は、土屋さんや吉三郎さんに隠れて仲間らと伝七を追っていた。おそらく三年以上前から。そして、伝七が常州の無宿《むしゆく》鉢助に成り変わって人足寄場にいることを、寄場で同じ長屋に寝起きしていた太吉という男から聞きつけた」

土屋はにたにた笑いをかえしてきた。

「常次らは、伝七が寄場から娑婆《しやば》へ戻ってくる日を辛抱強く待っていた。ところが、戻ってきたその日に殺してしまった。いったい、常次らの狙いはなんだったと思われますか」

「さあ、わかりませんなあ。何を狙っておったのやら」

「恨みですか。それとも金目あてですか」

金目あてはあり得ない。二人の押しこみが奪った金がせいぜい数十両。山分けしたその金を伝七は越中島の古石で使い果たした。せめて、この世の極楽をいっときでも味わって娑婆の見納めに、と称して。

金が残っていたとしても、わずかだ。

「伝七は、なぜ、誰から身を隠すために、鉢助という無宿の男に成り変わり、人足寄場にもぐりこんだのでしょう。三年の懲治暮らしに引き合うわけがあったはずなのですが……」

「まあそうでしょうな。そうでないと筋が通らない」

土屋は、は、は、は、と大らかな笑い声をふりまいた。

「それらの謎は、拙者が火盗の面目にかけて解き明かして見せます。なにとぞこの後は拙者にお任せください。お任せいただけると、思ってよろしいな」

春原が、何か言いたげに龍平の顔をのぞいていた。

「わたしは、伝七殺し探索の役目を果たします。伝七の謎めいた行動と死の事情に、三年四月前の朱鷺屋の一件が絡んでいるのなら、調べないわけにはいきません。しかし、これまで朱鷺屋の一件の掛を務めてこられた土屋さんの面目を潰すようなことは決してしません。それはお約束します」

龍平のこたえに土屋は満足していなかった。

吉三郎を一瞥《いちべつ》し、唇を歪め、

「それで、けっこうです」

と言った。そして春原に向いた。

「春原さん、両国の天野屋での暑気払いは、拙者がお招きいたす。その折りは是非、日暮さんもご一緒に」

「ああ、い、いいですな」

そろそろ始業の刻限だった。

そのとき、下番が長屋の玄関土間に立った。

「日暮さまはいらっしゃいますか。北新堀町より使いがまいっております」


奉行所裏門を出た土屋半助と吉三郎は、呉服橋御門をくぐり、呉服橋の橋板を鳴らした。

土屋は深網笠をかぶり、従う吉三郎は土屋の背中に顔を寄せ、歩きながらひそひそと交わしていた。

いやに蒸すけれども、はっきりしない朝の天気が、橋をいき交う人の中で二人の姿をくすませていた。

吉三郎が、大黄色の小袖をゆらす土屋に言った。

「旦那、あの町方、朱鷺屋の一件は何もつかんじゃいねえ様子でしたぜ。あんなことを仰って、藪蛇《やぶへび》になったんじゃあねえんですか」

「吉三郎、常次があなった以上、いずれ町方は探り出してくる。こういう場合、先手を打っといた方が町方の動きがわかりやすくなって、いいんだ」

「そうか。そういうもんかもしれやせんね」

「それにな、あの日暮という男、その日暮らしの龍平と綽名のついた雑用掛の平同心なんだ。妙に一本気なところがあるらしい。そういうやつがまれに難しい一件を任されると、生真面目に役目を果たそうとむきになる」

「そう言やぁ、融通の利かなそうな顔つきでやしたねえ」

「春原みたいなのは御しやすいが、ああいう一本気なのは、早めに手懐《てなず》けとかないと後々面倒になる。だから、小まめに少しずつ餌《えさ》をまいておくのよ」

「なるほど。その日暮らしの龍平に泣きの春原でやすか。滑稽《こっけい》なとり合わせでやすねえ」

「まったくな。ぐふふふ……」

二人のくぐもった笑い声が呉服橋からお濠《ほり》の水面《みなも》へ流れたとき、橋の上ですれ違った寛一が、深網笠の侍と羽織に着流しの男へふりかえった。

なんだあいつら――寛一は二人が呉服橋を渡って、呉服町の人通りへまぎれていく後ろ姿を追いながら、口を尖らせた。

三

「寛一、待たせた。親分は先にいったか」

「へい。黒門の東六さんとこへは、巳《み》の刻（午前十時頃）にうかがう約束になっております。東六さんの話が早くすんだら、五条天神門《ごじょうてんじんもん》前の腰かけ茶屋でお待ちするそうで」

「わかった。東六の話はあとで親分から訊くことにする。上野へいく前に北新堀へ寄る用がある」

「へい。おやじさん、またな」

寛一は、奉行所表門前の腰かけ茶屋の奥へひと声かけた。

四半刻後、龍平と寛一は、北新堀町自身番《じしんばん》の定番の案内で、堤に樽《たる》問屋の土蔵が二棟並ぶ切岸《きりぎし》の小道をとっていた。

新堀の両岸は土蔵の漆喰《しっくい》の壁や町家の板塀が永代橋の袂《たもと》までつらなっていた。

雁木《がんぎ》が水辺へおりていて、そこに桟橋《さんばし》が見える。

川船で運んできた樽を堤上の蔵へ運び入れる歩みの板と思われた。

「ここです」

と、定番が二棟並ぶ一棟の土蔵の前で止まった。

戸を開け、暗い土蔵の中へ呼びかけた。

「りきや、力谷《りきや》……」

土蔵の中に積まれた明樽の間に通り路があり、奥の暗がりへ消えていた。

暗がりから総髪《そうはつ》を後ろに束ねて背に垂らした髭面《ひげづら》の男が、のそっと現れた。

紺の帷子《かたびら》を裾端折りにし、暗がりを映したように顔色の悪い初老の男だった。

「へえ、御用で」

力谷が腰をかがめた。

「この男です。土蔵の持ち主の《広松屋《ひろまつや》》の主人が、身を寄せる場所もないのは気の毒だから悪さをしないのであればほっとけばいいよと、五ヵ月ほど前から勝手に住みつき始めたのです。薪を出し入れするときは、人夫の間に交じって手伝っておるようです」

定番は龍平に言い、力谷へ向いた。

「力谷、お役人さまにおまえの見たことを、ちゃんとお話しするのだ」

「ああ。見たことをお話しすればよろしいので」

力谷は恐縮して、いっそう身をかがめた。

力谷が見たのは、四日ばかり前の昼ごろ、土蔵に四人の男らがいきなり入ってきて、ひとりを三人がとり囲み、暴行を加え始めた有りさまだった。

男らは、土蔵の奥の暗がりに力谷がいるとは知らず、金のことやら人のことやらを問い質《ただ》していた。

荒縄《あらなわ》で縛られ猿轡《さるぐつわ》を嚙まされた男が何かこたえるたびに、三人は罵倒《ばとう》と殴る蹴るを浴びせ、男は呻いたり頷いたり、泣きながら首をふったりしていた。

暴行は延々と、夜になっても続いたと言う。

その日は土蔵の樽の運び出しや運び入れがなく、人がくることもなかった。

そのため力谷は助けも呼べず、土蔵奥の樽の山の陰に隠れて息をひそめていた。

暗くてよく見えなかったが、三人のひとりは侍らしく、刀を杖《つえ》のように突いて、二人が主に殴る蹴るを繰りかえしていた。

途中で三人は休み、ひそひそと言葉を交わしたりもした。

外が暗くなってからは、丸太のような棒を使って打ち据え、そのうち男はぐったりして泣き声も漏らさなくなった。

ひとりが樽に堀の水を汲《く》んできて、柄杓《ひしやく》で気を失った男の顔に水を垂らし、息を吹きかえさせ、また棒で打つ音が聞こえた。

「泣き声も喚《わめ》き声も聞こえなくなって、ぼこんぼこんと、藁《わら》を打っているみたいな音でやした」

あまりに長々と続き、恐さが薄れ腹は減るしで、力谷はついうとうととした。

次に小便がしたくなって目覚めたとき、土蔵の戸が開いて、男らの姿は見えなくなっていた。

這い出して戸の外をうかがうと、堤の下の歩みの板で三人の影がぐったりとなったひとりを川船に乗せているところだった。

侍らしき人影は、深網笠をかぶっていた。

あとの二人が侍を旦那と呼んで、男に莚茣蓙《むしろござ》をかぶせていた。

「年なもんでこのごろ耳が遠くなりやして、何を質していたのやら、ちゃんと聞こえやせんでした。金のことやら人のことやらを質しているみたいでやした。責められた男は、でん……なんとかと呼ばれておりやした」

「でんしち、伝七、ではないか」

定番が力谷の薄れた記憶を補《おぎな》った。

そんな名だったような、と力谷は首をひねりつつ、男らの川船が夜の新堀を大川のほうへ見えなくなるのを見送った。

「刻限でやすか。よくはわからねえが、普段通る風鈴蕎麦《そば》の風鈴が表のほうで鳴ってたで、九ツ（午前零《れい》時頃）すぎだったかもしれやせん」

それ以上のことはわからなかった。

男らの顔も、暗くてちゃんとは見えなかった。

「ただ、これを拾いやした」

力谷が手拭《てぬぐい》を龍平に差し出した。

「たぶん、あの夜、猿轡に嚙ませていた手拭だと思いやす。血で汚れてやしたので、洗っておきやした」

手拭は綺麗に洗って畳んであり、奉納の文字と《船宿新鳥《しんとり》》の文字が水玉に黒く染め抜いてあった。

四

龍平と寛一は、神田川の筋違御門河岸場《すじかいごもんかしば》で猪牙《ちょき》をおりた。

筋違御門から下谷広小路《したやひろこうじ》を目指し、上野寛永寺の黒門が見えてきたときは、昼四ツ（午前十時頃）をだいぶすぎていた。

三橋《みはし》を渡って山下《やました》へわかれるとすぐ、五条天神門前町がある。

寛政《かんせい》のとり締まりが行なわれるころまで、この界隈はけころ（私娼）を置いた見世《みせ》が多く集まり、寛永寺参詣を口実に遊びにくる客足の絶えなかった遊里だった。

宮三は腰かけ茶屋の葦簀《よしず》の陰から、天神の参道へ鋭い眼差しを投げた。

「胴とりの東六さんが言うには、貸元の猪ノ熊のおやじさんが生きていたらもっとわかったでしょうが、三年もたつと賭場の客は様変わりして、誰も伝七なんぞ覚えちゃいないそうです」

参道をいききする通りがかりが絶えず、腰かけ茶屋は客でこんでいた。

「東六さん自身、去年まで千住《せんじゅ》にいたと言います」

と宮三は続けた。

「で、ひとり、三年前も黒門の賭場に出入りしており、伝七を覚えている金貸しを教えてくれました。金貸しと言っても、賭場の客を相手に遊び金を貸して高い利息をとるやくざな高利貸しです。そいつが伝七に金を貸した覚えがあるそうです」

「伝七が賭場でつながりのあった人物をたどって、どこかで常次とのかかわりが見つかれば、常次が伝七を朱鷺屋の二人組の押しこみの片割れと睨んだわけや、追っていた狙いが見えてくるだろう。そうなれば、伝七殺しの一味の正体も割り出せる」

宮三の膝の側に、先ほどの力谷が拾った船宿新鳥の手拭が畳んで置いてある。

「とにかくこれは預かって、どこの船宿か調べます」

宮三は手拭を懐《ふところ》へ仕舞《しま》った。そして、

「民助《たみすけ》が戻ってきました」

と、茶屋の軒にたてた葦簀越しに天神の参道へ龍平の眼差しを導いた。

民助は、五条天神門前町の裏店《うらだな》に住み、上野池之端《いけのはた》界隈を根城に、盛り場に屯《たむろ》する遊び人や地廻り、町芸者、色茶屋の仲居ら相手に、端金《はしたがね》を貸して利息を稼ぐ、一匹狼のやくざだった。

痩せて背が高く、険《けわ》しい面がまえに見えた。

商人を装って、鼠《ねず》の長着《ながぎ》と縞《しま》羽織をぞろりと着流していた。

「伝七さんは覚えておりやす。はい、何度か博打《ばくち》の金を用だてやした。背丈はあっしよりちょいと小柄な五尺五寸（約一六五センチ）ばかり。ここらへんに疣《いぼ》が目だちやした」

と、民助は顎を指先で撫《な》でた。

「無茶な利息はとりやせん。やくざな金貸しでも、借り手を弱らせちゃあ後が続きやせんのでね。座頭金《ざとうがね》と同じで一両につき百文。期限はわずかな遊び金を用だてるのに三月《みつき》は待てやせん。次の日の晩には、といきたいところですが、余裕を持って五日を期限と、きらせていただいておりやす」

腰かけ茶屋の葦簀の陰に、龍平、宮三、寛一、そして民助が二台の長床几《しょうぎ》にかけて向きあっていた。

店先で茶釜《ちゃがま》が参道へ湯気をたて、参詣客がゆっくりと茶を飲んでいる。

相変わらず蒸して、はっきりしない天気だった。

「伝七さんは常連のいいお客でしたよ。勝負事はあまり得意ではなかったみたいで、あのころは猪ノ熊のおやじさんがでんと腰を据えていた賭場にほぼ毎晩顔を出し、その晩の持ち金を使いきると必ずあっしんとこへ、また頼むよってきやしてね。一度に三、四百文から多いときで二分《にぶ》が限度でした」

「返済はきちんとしてたかい」

と宮三が訊いた。

「それはもう。ご存じでしょうが、伝七さんは小日向の朱鷺屋という質屋の手代《てだい》をしておりやして、どこでどう工面をするのか、五日の期限までには必ず返済をすましておりやした」

宮三が、ふふん、と鼻先で笑った。

「あ、変にとらないでくだせえよ。あっしがお店の質流れを巧《うま》く廻せとけしかけたことは、金輪際《こんりんざい》ありやせんぜ。やっていたとすれば、伝七さんが勝手にやったことで、あっしにはかかわりがねえ」

「朱鷺屋の手代だってことは、わかっていたんだな」

「賭場に出入りしているのがお店に知れると拙《まず》いので、あんまり人には話さないでくれって言っておりやした。ですから、伝七さんが朱鷺屋の手代と知っていたのは、あっしと、猪ノ熊のおやじさん、ほかにいたでしょうが、そんなに多くはなかったんじゃねえですか……」

民助は、思い出す素ぶりで細い目を葦簀の外へ遊ばせた。

「三年と何ヵ月か前に朱鷺屋を辞めておりやすので、もう秘密でもありやせんがね。朱鷺屋を辞めてから、郷里へ戻ったと聞いておりやす」

宮三が龍平に「旦那、話してよろしいですか」と訊いた。

龍平が頷くと、宮三は膝に両肘を乗せ、民助へ身体を寄せた。

「民助さん、詳しい事情はお上の御用なので話せねえ。ただ、伝七は先だって亡くなったぜ。殺されたんだ。その一件を追っている」

宮三のささやき声が、茶屋の片隅にくぐもった。

民助の目が尖り、表情がいっそう険しくなった。

「伝七が朱鷺屋を辞めてからほぼひと月後の明けて正月の下旬、朱鷺屋の主人長左衛門の、赤城明神下の妾宅が二人組の賊に襲われた。長左衛門は殺され、数十両ほどらしいが、金が奪われた押しこみがあった。覚えているかい」

民助は黙って頷いた。

「火付盗賊改が一件の掛になって、お店の内情を知っている者、あるいは流しの押しこみの両方の筋から調べた結果、手がかりはつかめず、賊は流しの押しこみに違いなく、もう江戸を去ったということで今も永尋ねになっている」

「それが伝七さんの仕業《しわざ》だった、朱鷺屋の一件の絡みで伝七さんは殺されたと、仰るんでやすか？」

「そういう見方がある。けど真相はまだ藪《やぶ》の中だ。でね、伝七が朱鷺屋を辞めて猪ノ熊のおやじさんの賭場からも姿を消した前後の経緯《いきさつ》、聞いた噂、伝七の仲間やかかわりのあった者、どんなささいな事情でも民助さんの知っているところをうかがいたいのさ」

民助は茶をひと口含み、茶碗を床几の毛氈《もうせん》に置いた。

「伝七さんはてっきり、郷里へ戻ったものと思っておりやした。朱鷺屋を辞めたのは、確か、三年と数ヵ月前の師走《しわす》のころでやした。ちょいと貸し金が溜ってやしてね。どうすんだって、冬の寒いときに催促した覚えがありやす」

民助は宮三から龍平へ目を移した。

「四、五日たって、ぽんと金を置いたんで、また質流れを細工したかなと思っていたら、お店を辞めた慰労金だから安心しろと、しゃあしゃあとした顔つきで言っておりやした」

「朱鷺屋を辞めたわけは、訊いたかい」

「十を越えた二、三の年で小僧奉公を始めてから十七年あまり。朱鷺屋でこれ以上奉公を続けても先の見こみがたたないから、郷里の信濃へ引っこむと言ってやした。聞いたときは、ほうそうかい、江戸の暮らしで染みついた垢《あか》が田舎で落とせるのかねと、思ったぐらいでやした」

ただ……と民助はまた龍平に目を向けた。

「仲間がお店で、ちょいとしくじったのでだいぶ前からお店には居辛くなっていたし、とも苦笑いを浮かべて言っておりやした」

「仲間がしくじった？　仲間とはどういう仲間だい」

宮三は民助をのぞきこんだ。

民助は小首を傾げて考え、おもむろに言った。

「伝七さんがどんな仲間とつき合っていたか、じつはよく知らねえんです。あっしと伝七さんとは金貸しと客という間柄で、深いつき合いをしてたわけじゃありやせん。金を用だてる以上、客の抱えてる事情はそこそこ知っておかなきゃならねえ。その程度でやす」

隠してるわけじゃありやせんよ――と民助は、龍平の傍《かたわ》らで手控《てびかえちょう》帖に筆を走らせている寛一に言った。

「けど、誰か思いあたるんだろう？」

「ひょっとしたら、しくじった仲間は忍《しのぶ》さんじゃねえかなと」

「誰だい」

「忍平ノ介《へいのすけ》という忍領《おし》の浪人者でやす。江戸へ流れてきたのは十年ほど前で、折々、猪ノ熊のおやじさんの賭場に現れてむっつりと遊んでおりやした。背の高い痩せた侍でね。顔だちは悪くなかった。年のころは三十になるかならねえか。細面《ほそおもて》に色白で、きりっとした目がちょっと寂しそうだった」

民助は腰に提《さ》げた革の煙草《たばこ》入れから銀煙管《ギセル》を出した。

「賭場で何度か顔は合わせやしたが、まともに口を利いたことはありやせん。忍さんから人に話しかけることはないし、こっちが話しかけても、ああとかいやとかこたえるぐらいでしたから」

煙管に細ぎりの刻みを詰め、床几の煙草盆を引き寄せ火を点《つ》けた。

ふっと、煙を茶屋の天井へ吹いた。

「そういう人ですから、一度も金を借りにきたことはねえ。遊び金をすっちまえば帰る。まれに目が出ると、顔色ひとつ変えずいつまでも遊んでる。博打が好きでたまらねえというのでもなく、暇で退屈してるからちょいと気晴らしにやってみた、そんな素ぶりに見えやした」

民助は煙管を三度ほど吹かして、灰吹きに吸殻を落とした。

「忍さんが、伝七さんとどういうかかわりがあったかなかったかなんて知らねえけど、あるとき朱鷺屋の用心棒に雇われた。伝七さんが口を利いたとこっそり聞かされやしたので、そんな仲だったのかって初めて知ったくらいで」

民助はまた新しく刻みを詰めた。

「忍さんは、三月ばかり、朱鷺屋の用心棒に雇われていたと思いやす。事情があって朱鷺屋をお払い箱になったとかで、伝七さんの仲間がしくじった話は、そのことを言ったんだろうと思いやした」

「どんな事情があったんだい」

「相すいやせん。事情は訊ねておりやせん」

「その後、伝七は猪ノ熊のおやじさんの賭場からも姿を消したんだな」

「何日か姿が見えず、ここんとこ見かけねえなというような具合でやした。猪ノ熊のおやじさんは、伝七の野郎、挨拶もなしに郷里に引っこんでしまいやがったかと、苦笑いしておりやした」

「年が明けて、朱鷺屋へ押しこみがあったときは、なんぞ、伝七の噂は聞かなかったかい。もしかして伝七が怪しいとか」

「それも知りやせん。田舎へ引っこんだもんだと思いこんでおりやしたから、気に留めてなかった」

民助は、自分は客をひとりなくしやしたと笑いつつ、銀煙管に火を点け、旨そうに煙を吹かした。

民助さん――と龍平が口を開いた。

「旦那、どうぞ、たみすけで結構で」

民助が応え、煙をくゆらせた。

「忍平ノ介という浪人は、本名か」

「本名？　なるほど。そう言えば双紙《そうし》に出てきそうな名前でやすね。本名かそうでないか、考えたことがありやせん」

「どこに住んでいる」

「白山《はくさん》神社前の裏店に住んでるとか聞きやしたが、詳しい店は……」

「独り身か」

「たぶん、そうだと思いやす」

「朱鷺屋の用心棒を辞めてから、平ノ介はどうなった」

「猪ノ熊のおやじさんの賭場の用心棒に、雇われておりやした。伝七さんがいなくなって半年ばかし賭場の隅で不景気な面を見かけやしたが、猪ノ熊のおやじさんに江戸にもう飽いたとかなんとか言って、ぷいといなくなったそうで」

「では、もう白山神社前の裏店にはいないのだな」

へえ――と民助は頷いた。

龍平は参道を往来する参詣客を眺めた。

民助は、煙管の吸殻を灰吹きに雁首《がんくび》をあてて落とした。

昼を廻って、腰かけ茶屋がまただいぶこんできた。

「賭場で伝七と仲間らしい男は、平ノ介のほかにいなかったか」

「あっしの知ってる者には、おりやせん」

龍平は、束の間、考えた。

「平ノ介は腕はたったのか」

「たちやすね」

「見たのか」

「一度。本所《ほんじょ》のどっかのさんぴんが、十人ばかし連れだって賭場へきたことがありやした。そいつらがほかのお客さんの迷惑も考えず騒ぐんで、おやじさんがたしなめたら逆に凄《すご》んできやがって、暴れ始めたんでやす。そいつらを忍さんが、十人を残らず、あっという間に打ちのめしたんでやす」

「あっと言う間に？」

「へえ。あっと言う間に……」

忍平ノ介は鍔《つば》のあたりをつかみ、刀身を鞘《さや》に納めたまま、不良侍を縦横《じゅうおう》に打ち据えたらしかった。侍らが刀をふるう間もないくらいの早技だった。

「青白い顔をして、息ひとつ乱さず。うんともすんとも言わねえで、相手を睨みつける目が恐くてね。あの目つきは獣みたいで、ちょっとぞっとしやした。このお侍、いつも黙っているが怒らしたらあぶねえぞって、思い知りやした」

しかも――と民助は唇を歪め、続けた。

「忍さんは、左利きみたいでやした。こう左手一本で舞うみたいに刀をふるうんでさ。ふるうたびに、ひゅんひゅんと刀が鳴っておりやした。以前、一度見た、それだけでやすが」

五

龍平、宮三、寛一の三人は、池之端の料理茶屋で遅い昼飯を食った。

池之端から湯島《ゆしま》天神の切通《きりどお》しの坂をのぼり、加賀《かが》藩上《かみ》屋敷の脇を抜けた本郷《ほんごう》通りからくだって武家屋敷地の小路《こうじ》を幾つか折れ、今度は樹林に囲われた水戸《みと》藩邸を左手に見つつ富坂《とみさか》をのぼった。

伝通院《でんづういん》の表門をすぎたあたり、かぶった菅笠《すげがさ》の縁をあげて小石川通りを見やると、通りに面した武家屋敷地を白い雲が覆っていた。

日は差さないが、蒸し暑さは午後になって増していた。

朱鷺屋長左衛門が三年四月前、赤城明神下の妾宅で押しこみに襲われ命を落としてから、朱鷺屋は倅の長吾が質屋の商いを継いでいた。

朱鷺屋は、小日向清水谷《しみずだに》町徳雲寺《とくうんじ》の裏手の小路に、本瓦葺《かわらぶ》きに白い漆喰の壁を廻《めぐ》らせた土蔵造りの店を目だたぬようにかまえていた。

龍平らは小僧に表奥の殺風景な六畳の座敷へ通され、茶が出た。

障子が開くと、濡れ縁と板塀に囲われた小さな庭がある。

あまり手入れのされていない庭に、蒸し暑さが澱《よど》んでいた。

伝七が殺された事情が三年四月前の朱鷺屋の一件にかかわっている疑いがここまで濃くなった以上は、朱鷺屋の長吾を訪ねざるを得なかった。

現れた長吾は商人風体の縞の長着で、小柄な、年のころは三十四、五の、何かしらすばしっこそうな顔つきをした男だった。畳へ手をつき、

「伝七は、わたしどもに小僧のころより十七年ほど奉公しておりました手代でございます。それが恩ある主家に凶刃《きょうじん》を向けた賊だったと、先だって火付盗賊改の土屋さまにうかがいましたときは、魔が差し正気を失ったと言うほか言葉もございませんでした」

と両肩を縮めて述べた。

「朱鷺屋さん、手をあげてください」

龍平は慎重に言葉を選んだ。

「伝七が二人組の片割れだったと、証があるのではありません。今朝方、火付盗賊改の土屋さんよりうかがって、伝七が他人に成り変わり人足寄場に三年も身を隠していたわけと、伝七を三年の間追い続けた挙句に殺したと思われる常次が土屋さんの配下だった事情が、三年四月前の一件を介して辻褄《つじつま》が合った」

それだけにすぎないのです――と念を押した。

「はい。常次さんは土屋さまの手先で、当時、駆け廻っていらっしゃったのは覚えております。土屋さまもとんだご迷惑でございます。ご自分の手先が、ご存じない裏で悪巧《わるだく》みに加担していたとは、お立場をなくされましたな」

と、長吾は土屋に同情した。

「ご主人は、伝七が商売の元手が潤沢にあるはずのこちらではなく、長左衛門さんの妾宅を狙ったのは、なぜだとお考えですか」

「思いますに、こちらには住みこみの手代や小僧もおります。あちらは妾奉公の林という女に末という下女、それに年寄りのお父っつぁんの三人です。押しこみがやりやすかったからではありませんか」

「妾の林、下女の末、の二人の女ですね」

「さようです。林は男好きのする二十五、六の年増《としま》でして。お父っつぁんがのめりこんで商売がそっちのけになってしまい、えらく困らされました」

するとと今は二十八、九になる。

「奪われたのは数十両とうかがいました。正確にはどれほど……」

「お父っつぁんは、赤城明神下へいくときはいつも二十両ばかりを財布に入れておりました。月々の手当てのほかに、妾の気を引くために小遣いを渡しておったようですから、合わせて四、五十両はあったかと思います」

「四、五十両もあれば、押しこみが狙っておかしくない大金ですね」

「あまり大金を持って歩かない方がいいよ、用心しなきゃあって言ったんですが、性質《たち》の悪い妾に、あれ買って、これ買って、とねだられたら、甘い顔を見せて言いなりになり、その挙句にこんなことになってしまいました」

長吾の言い方に、父親の妾へのよからぬ感情がこもっていた。

妾を恨んでも、仕方がないのだが。

「伝七はそれぐらいの金があることは、知っていましたね」

「知っていたはずです。お父っつぁんが妾のところに居続けて、お店へ戻ってこないものですから、伝七をお店の用事で赤城明神下へ何度かいかせたことがあります」

「長左衛門さんは、月にどれぐらい妾宅にいかれたんですか」

「月のうち、二十日以上は赤城明神下ですごしておりました」

そんなに──龍平は考えを廻らせた。

「伝七は押しこみのあったひと月ほど前、お店を辞めていますね」

「はい。自分は商いに向かない。郷里に戻って百姓をすると申しまして。お父っつぁんもわたしも引き留めたのですが」

「十七年も奉公したお店を辞めることになった事情に、お店に不満を抱いていた、あるいは長左衛門さんに恨みを抱えていたとかは、ありませんか」

「そんなもの、金輪際、ございません。お父っつぁんは奉公人のことをいつも気にかけ、大事に育てなければお預かりした親御さんに申しわけがたたないと考えておりました。また質屋という商いは、お客さまの苦境を陰でお助けするご奉仕と心得なければいけないとも、常々申しておりました」

長吾は父親を思い出して、誇らしげに続けた。

「父親ではありましたが、わたしは長左衛門を商人の師として心から敬っておりました。伝七がお父っつぁんに恨みがあったために、あんな極悪非道な悪事を働いたというのは、あり得ないことでございます」

とすれば、やはり四、五十両の金が目あてだったとしか考えられない。

龍平は問いを変えた。

「伝七がお店を辞めるずっと前、長左衛門さんの用心棒に忍平ノ介という侍を雇われましたね。おそらく、伝七の口利きがあって」

「はい。三月ばかり。申しましたように大金を持って出歩くものですから、用心にわたしもお父っつぁんに勧めました」

「その用心棒がこちらを何かしくじったためお払い箱になり、そのことで居辛くなって朱鷺屋さんを辞める理由のひとつになったとも、伝七が人に言っておったようです」

「はい、さようです……」

と長吾が納得顔で頷いた。

「妾の林が色目を遣い、隠れて忍なんとかと乳繰《ちちく》り合ったのです。埒《らち》もございません。盛りのついた雌猫《めす》と食いっぱぐれの野良犬が、主人の恩も忘れてじゃれ合い、それをお父っつぁんに見つかったのでございます」

「それで忍平ノ介を、お払い箱に」

「当然でございます。内済《ないさい》にしたくとも一文なしの浪人者でございます。お上に届けるのもやっかいですし、お払い箱にするしかございませんでした」

妾奉公であっても、間夫《まぶ》と関係を持てば罪になる。

「林には妾奉公の暇《いとま》をとらせなかったのですね」

「それがお父っつぁんの間違いでございました。雌猫にたぶらかされて、暇をとらせなかったものだから、最後にはあんなことになってしまいました。あの雌猫は疫病神《やくびょうがみ》でございますよ」

長左衛門が命をとられた後、長吾は妾奉公の林と下女の末に暇を出し、二人は赤城明神下の妾宅を追われた。

「林は根津権現《ねづごんげん》の岡場所で女郎になったと、噂に聞きましたが、どこへ消えたやら詳しくは存じません。どこかの岡場所におりましょう。末は高輪《たかなわ》の車《くるま》町で飴《あめ》職人と所帯を持って暮らしております。器量は落ちますし下賤《げせん》な者ではございますが、末の方が林よりはずっと人らしゅうございます」

長吾は、よほど林が気に入らないらしい。

これ以上、林の話題には触れるのも嫌だという顔つきだった。

龍平は沈黙を置いた。そして、

「こちらに奉公していたころの伝七の朋輩《ほうばい》や手代や小僧で、今もお店にいる方に話を訊きたいのですが」

と問いを戻した。

「それがで、ございます。伝七の朋輩の手代や小僧は、この三年の間にみなお店を去っておりまして、今おりますのは、半季一季で雇った奉公人ばかりでございます」

「伝七を知る者は、誰もいないのですか」

「はい。今は誰も。お父っつぁんが亡くなり、奉公人の雇い方も少し変えた方がいいかなと、わたしなりに考えがありますもので」

朱鷺屋も人使いの荒い評判のよくない店でしてな……

今朝、奉行所で土屋が言った言葉がよぎった。

「土屋さんの見たてどおり、伝七が長左衛門さんの妾宅を襲った押しこみの片割れだったとした場合、伝七の素ぶりや話していたことに、そう言えばと、今なら思いあたる節はありませんか」

「さあ、もう三年以上前のことですし……」

と長吾は空《むな》しく首を傾げるばかりだった。

龍平と宮三、寛一の三人は小日向の武家屋敷地の坂道をくだった。

江戸川へ出て、河岸場で高輪までならいけるという猪牙を頼んで、江戸川から外堀、神田川をすぎ、大川へ抜けた。

はっきりしない空が、少し暗くなっていた。

龍平、宮三、寛一の順に船梁《ふなばり》へかけていた。

「親分、この分だと、ひと雨きそうだな」

龍平は胴船梁の宮三に話しかけた。

「そうですねえ。ひと雨、ざっと降れば、いっそ、すっきりするかもしれません。こう蒸しちゃあ、気色《きしょく》が悪くって」

と宮三は菅笠で団扇《うちわ》代わりに煽《あお》ぎ、はっきりしない夏の空を見あげた。

大川は空一面を白く覆った雲を映して、灰色にくすんでいた。

「ひと雨降れば、涼しくなるだろう」

猪牙は、両国橋、新大橋《しんおお》、永代橋、とくぐった。

永代橋をすぎると、ほどなく海である。

「親分、伝七はいつ誰と、長左衛門の妾宅に押し入る企みを練ったのだろう」

龍平は宮三に、ぽつんと訊いた。

龍平は考えていた。

伝七は自分の仕業《しわざ》とばれるときをあらかじめ思料《しりょう》し、鉢助になりすまして人足寄場に入れられ、三年の間、身を隠す手口を企んだ。

三年もたてば、押しこみなど忘れられるだろうと考えたのか。

鉢助とは黒門の猪ノ熊の賭場で知り合った。

伝七は、鉢助が思いがけず病死してから成り変わりを思いついたのだろう。伝七が朱鷺屋を辞めたのが、文化十年の師走。鉢助が富久町の馬之助店で亡くなった後のことだ。

それから年が明けた一月の下旬、伝七と仲間は四、五十両の金を狙って妾宅の長左衛門を襲い命を奪った。

伝七は鉢助に成り変わり、越中島の古石で散財し、それから物乞《ものご》いに身を落とし、二月《ふたつき》ほど後に無宿狩りによって人足寄場へ……

伝七の企んだ筋書きどおりに、事は進んだということか。

懲治場で鉢助を知っている太吉と会うまでは。

「これまでの話を聞く限り、これは妙な一件です」

と宮三は龍平の背中に応えた。

「何よりも、わずか四、五十両の金を狙って伝七がそこまで企んだのかと思うと、ちょっと違うんじゃねえかと思えてならねえんです。確かに四、五十両は大金だ。だが二人組が山分けしてひとりせいぜい二十数両。伝七はそれを古石の岡場所で、使いきっているんでしょう」

「そうだ。常次はほぼ無一文の伝七を、三年も追い続けていたことになる」

「そこなんだ。常次みたいな破落戸《ごろつき》が、金以外の目あてで伝七にかかわる事情があるとは、とうてい思えねえ」

宮三が川面へ言い捨てた。それから、

「旦那、常次が火盗の旦那の手先を務めながら、旦那や親分さえ疑わなかった伝七を朱鷺屋の一件の賊の片割れと疑いをかけ、しかも三年以上もこっそり追い続けるなんてことが、できるもんなんですか」

と不審を露《あら》わにした。

「よほどの事情がない限り難しい。とは思うが、よほどの事情が常次にはあって土屋さんらにはなかった、ということもあり得る」

龍平は曖昧に言いかえした。

一方、土屋と吉三郎は何か隠している……と不審と疑念が錯綜《さくそう》していた。

「火盗の土屋さんや吉三郎は、常次が伝七を追っていた事情を知っているんじゃねえですか。もしかしてですよ、土屋さんと吉三郎は、常次のことでまだ旦那に隠している事情があるんじゃねえですか」

宮三が龍平の胸の内にくすぶっている不審と疑念を言いあてた。

「伝七殺しが三年四月前の朱鷺屋の一件に絡んで、常次が自分の知らねえところで勝手にやったと、訊かれてこたえるならまだしも、わざわざ朝っぱらから、それも面目ないという理由でこっそり御番所を訪ねてくるなんざあ、芝居っ気がありすぎやしませんか」

龍平はこたえられなかった。

「あっしには、町奉行所がいずれ探り出す前に先手を打ってとりつくろいにきたとしか思えません。なあ寛一、おまえはどう思う」

宮三は後ろの寛一へふり向いた。

「ああ。あっしだって、吉三郎の下っ引の常次が、旦那や親分に隠れておのれの一存で伝七を追っていたとは思えねえ。誰の指図も受けずに、そんなことができるやつには見えねえ。今朝、北新堀の力谷がひとりを三人が、って言ってたじゃねえすか。あれは常次と火盗の……」

「親分、寛一、そっから先はまだ腹の中に仕舞っといてくれ」

と龍平は二人を抑えた。

「朱鷺屋の一件はおれの掛ではない。推量で判断するには謎が多すぎる。伝七がなぜ他人に成り変わって寄場に身を隠し、なぜ狙われ、なぜ殺されたか、事情を探りだせば自ずと何もかもが明らかになるだろう」

とにかく今は、それを明らかにすることが先決だと、龍平は思った。

猪牙は石川島と佃島をすぎ、櫓《ろ》の音が穏やかな江戸の海を滑っていた。

六

末は、高輪車町の飴職人と所帯を持っていた。

自身番で訊ね車町の裏店へいくと、赤ん坊を背負った末が裏店の物干し場でおむつや亭主の肌着をとりこんでいた。

末は干し物をとりこむ手を止め、どぶ板を鳴らす龍平らに頭をさげた。

丸顔の二重《ふたえ》の目が澄んだ若い母親だった。

赤ん坊が末の背中で汗をかいて眠っていた。

「お末さんだね」

龍平が声をかけ、末はこくりと頷いた。

三人は貧しい店の六畳間に通された。

明かりとりの軒に風鈴が吊るされていた。

風がなく、竹格子の外で風鈴はしょんぼりと垂れさがっていた。

板敷と台所の落ち間があり、末は冷えた麦茶をふる舞った。

赤ん坊を傍らへ寝かせ、やわらかく団扇で煽ぎながら言った。

「お暇を出されたのは、お役人さまのお調べがすんだその日のうちでした。長吾さんとおかみさんが並んで、おまえたちは葬儀に出る必要はない、明日までにここを引き払っておくれと言われたんです」

「それはずいぶん急だな。荷物をまとめるのも大変だったろう」

龍平には、二人の慌ただしさが思いやられた。

「奉公する旦那さまがこんなことになったのだからと、残りのお手あてもいただけませんでしたし、お林さんの着物なども、お父っつぁんのお金で買った物はかえしてもらいますよって仰って、まるでお林さんに落ち度があるみたいな仕打ちをなさったんです」

赤ん坊に目を落とす末の丸い鼻の横顔が、童女のようだった。

龍平は賊が、女だから……と末と林に手をかけなかった意図を慮《おもんぱか》った。

「伝七という手代を、覚えているか」

末は龍平へ二重の丸い目を向け、ゆっくり頷いた。

「伝七は小日向の店から使いで、とき折り、明神下へきたそうだね」

「旦那さんの長左衛門さんの用事をしに、二日に一度は見えていました」

「そんなにちょくちょく、きていたのか。伝七はどんな用事をしていたのだ」

末は薄く微笑み、龍平から目をそらした。

「あたしらには、わかりません。伝七さんが見えると、呼ぶまで入ってくるなと仰って、二人で部屋にこもって何事か相談をなさっていました」

「相談？　長左衛門さんは妾宅でも、仕事をしていたのか」

さあ……末は曖昧に言い、団扇をゆっくり動かしていた。

「長左衛門さんは、妾宅でお客を迎えることもあったのだろうな」

「はい」

「どういう筋のお客だった」

「いろいろな方が見えましたので、よく覚えていません」

龍平は末の曖昧さが、気になった。

「お客の中に、土屋半助という役人と吉三郎という手先はいなかったか。小日向の店には出入りをしていた。大柄な目の鋭い火付盗賊改の役人だ」

末は迷ったような顔つきになった。

「いらっしゃったかも、しれません」

「やはりそうか、そういうとき、お林さんはどうしていた」

「お酒を呑《の》むことがあって、まれにお林さんが呼ばれてお酌をなさってました」

「酒を呑むのは、火盗の役人が見えたときだな」

末は黙って頷いた。

「お林さんから、長左衛門さんが妾宅でどんなことをしていたか、聞いたことはないか」

「お林さんも、何も知らなかったと思います。お酒の相手をするぐらいはなさっていましたけど、長左衛門さんは、あたしらには何も知らせないように隠していましたから」

後ろの宮三が、ふうむ、と抑えた溜息をついた。

寛一は、部屋と板敷の敷居のところで、手控帖に筆を走らせている。

「あの夜の二人組を見たのは、あんたとお林さんだけだった」

と龍平は短い間を置いて言った。

「顔は見なかったとしても、仕種や素ぶり、声、言葉の訛《なまり》、臭い、なんとなくの気配やら、賊に心当たりはないか。例えば……」

龍平はわざと水を向けた。

「お末さんは、伝七に疑いを持ったことは、なかったか」

「伝七さんに？　そんな……」

「じつは数日前、伝七の遺体が佃島の海に浮かんだのだ」

末の手が止まった。

「その調べの道すがらで、三年四月前の朱鷺屋の一件に伝七がかかわっていた疑いが浮かんだのだ。だからお末さんの話を、聞きにきた」

末は手を動かした。そして、

「暗いうえに、賊は頰かむりに口元も覆って顔を隠していました」

と言った。

「それに、あたしとお林さんは縛られて猿轡を嚙まされ、押し入れに押しこまれていたんです。恐くて震えるばかりでしたから、賊の心あたりを思うゆとりなんて、ありませんでした」

寛一が、ふむふむ、と頷いた。

「朱鷺屋さんの話では、盗まれた金額は四、五十両ということだった。しかし赤城明神下の妾宅でも仕事をしていたなら、妾宅に金はもっと置いてあったのではないか。四、五十両どころではなかったのではないか」

「さっきも申しましたが、長左衛門さんはあたしらには、お金がいくら、どこに置いてあるのか、こっそり何をしているのか、お客はどういう人なのか、何もかも隠していたんです。とてもお金に吝《しわ》い人で、お林さんのお手あてだって、そこから毎日のご飯代を引いていたんです」

「妾奉公のご飯代を引いたのか」

「ひでえ」

寛一が呟いた。

「でも跡とりの長吾さんはもっとけちな人だし、長左衛門さんの前ではいい倅のふりをしているけれど、長左衛門さんがいないと、とてもえらそうなんです。長吾さんは、長左衛門さんの目を盗んでお林さんに言い寄ったことがあるんです」

「言い寄った？　長吾さんがお林さんにか」

「そうです。お林さんは女のあたしでも、うっとりするくらい綺麗な人なんです。でもお林さんが拒んだから、長吾さんは逆恨みしたんです。お林さんを容赦なく追い出したのも、そのためなんです」

そのとき、窓辺で軒の風鈴がかすかに鳴った。

表の路地に、雨の音がさわさわと走った。

「お林さんは、いつも我慢していました。そういう人なんです、お林さんは。辛い目に遭っても弱音を吐かず、自分のことより他人の気遣いばかりしているんです。綺麗で、優しくて、あんなにいい人なのに、長左衛門さんや長吾さんは、ひどく意地悪なんです」

言いながら末は三年前を思い出しているのか、目を潤ませた。

寛一が路地に飛沫《しぶき》をあげる雨を見やった。

静かな雨だった。涼しさが貧しい家の中にもやわらかく流れた。

「親分、降り出したな」

龍平は細《こま》かくゆれる風鈴を眺め、後ろの宮三に言った。

「降りましたねえ。帰りは、涼しくて気持ちよさそうだ」

「そうだな」

赤ん坊が目を覚まし、少しむずかった。

末は赤ん坊に優しく話しかけ、むつきを替えた。それから、

「ごめんなさい」

と断わって部屋の隅に背中を向けて坐り、赤ん坊に乳を与え始めた。

お末さん――龍平が末の背中へ言った。

「長左衛門さんに忍平ノ介という用心棒がついていたときがあっただろう。覚えているか」

末の首がこくりとゆれた。

「どういう侍だった」

「背が高くて、口数の少ない、寂しそうな様子のご浪人さんでした。長左衛門さんの用がすむまで、台所の隅の壁に凭《もた》れ、刀を肩に抱えていつも黙って坐っていらっしゃいました。道端の石みたいに、ただ黙って……」

末の背中が応えた。

「お林さんと忍平ノ介が理《わり》ない仲になったとかで、用心棒を辞めさせられたと、朱鷺屋さんに聞いた。そのことはむろん、知っているな」

末は首を横にふった。

「忍さんは、あたしが話しかけても、頷いたりひと言二言応えるだけで、それ以上話したことはありませんし、笑った顔を見たこともありません」

「知らないか。長吾さんから聞いたんだが」

「そんな噂はあったかもしれませんけれど、あたしは知りません。長吾さんは自分がお林さんに拒まれたものだから、よく知りもしないのに、いい加減なことを言うんです」

風が少し強くなり、風鈴の音が高くなった。

「雨がふりこむ。寛一、表の戸を閉めろ」

宮三が言いつつ立ちあがって、六畳の明かりとりの窓を閉めた。

障子の外で、軒に吊るされた風鈴の音だけが聞こえた。

七

本郷からの街道を駒込《こまごめ》村百姓町家をすぎて水路を渡り、西ヶ原《にしがはら》村百姓町家からもはずれた通称ひぐらし道。

このあたりは、江戸朱引《しゆびき》内の北の果てである。

暮れ六ツ（午後六時頃）、一刻《いつとき》（約二時間）ほど前から降り出した雨は止まず、日も暮れかかった野の草をさわさわと鳴らしていた。

上野のお山から日暮里《につぽり》、田端《たばた》、上中里《かみなかざと》とつながる丘陵に寄り添って街道が廻《めぐ》り、樹林の繁る飛鳥《あすか》山の山裾六石坂《ろつこくざか》に軒を並べる料理屋の行灯《あんどん》看板が、行楽の客の途絶えた街道筋で薄暮《はくぼ》に煙《けぶ》る雨に打たれている。

六石坂をくだれば音無《おとなし》川（石神井《しゃくじい》川）。

幾筋もの流れを湛《たた》え近在の村々を潤す川向こうに、王子《おうじ》権現が黒々と沈む欅《けやき》の樹林に囲まれ、さらに山裾の北へとる道々に茶屋《ちゃや》町の甍《いらか》が夕闇迫る夏の雨に濡れていた。

ひぐらし道が本郷の通りと交わる手前の道端に、杉の古樹が尖った枝葉を薄暮を背に伸ばし、その一本杉の下に草生《くさむ》した小さな辻堂が、降り続く宵《よい》の雨を避けて祠《ほこら》を結んでいた。

折りしも、破れ蛇《じゃ》の目《め》傘、着古した黒羽二重の引解《ひきと》きの単衣《ひとえ》の袖を肩の出るまでまくり、裾をからげて膝を出し、茶小倉の帯には小刀、朱鞘の大刀は右肩に担いだ妙な風体の、しかし背が高く痩身《そうしん》の侍が辻堂の前を通りかかった。

侍の五分月代《ごぶさかやき》の乱れ毛が、蛇の目の破れ目からこぼれる雨に濡れていた。

裏無し草履のくすんだ鼻緒と白い裸足を、泥の飛沫が汚している。

そのとき、辻堂の木連《きつ》れ格子《ごうし》がぎしりと開き、中から人影が二つ現れた。

「忍、待っていたぞ」

大黄色の小袖の着流しに二本をりゅうと差した土屋半助が、肉厚な大柄をゆらし、朽ちかけた板階段を軋《きし》ませた。

羽織に着流しの裾を端折った吉三郎が続いて土屋と道に並び、忍平ノ介のゆく手を阻《はば》むように立って身がまえた。

雨が三人をさわさわと濡らした。

雨の中でも気まぐれに鳴いていた蜩が声をひそめ、三人の男たちの様子をうかがっていた。

土屋は深網笠を脇に抱え、吉三郎は着流しの懐へ右手を差し入れ、さらしに挟んだ匕首《あいくち》の柄《つか》を握った。

「なんの用できたか、わかっているだろう」

土屋は低く太い声を震わせた。

平ノ介はこたえなかった。

「三年四月前、おまえと伝七が朱鷺屋長左衛門の妾宅で盗んだ金子《きんす》、あれはおれたちが汗水垂らして稼いだ金なのだ。かえしてもらいにきたのさ」

平ノ介の顎の尖った青白い顔が、雨の夕暮れの中でぼうっと浮かんでいた。

「三百、二、三十両はあったはずだ。伝七がやったのはすぐに察しがついた。だが片割れがわからなかった。まったくうかつだった。おまえのような愚鈍《ぐどん》な男が、そんなすばしっこい盗みをするとは思わなかったのだ」

土屋は広い肩を、右、左とゆらした。

「おまえ、朱鷺屋の押しこみを働いてからも、猪ノ熊の賭場でのうのうと用心棒稼業をしていたそうだな。存外の食わせ者ではないか。すっかり騙《だま》された」

吉三郎が、土屋に合わせて口元を歪めた。

「伝七を三年以上も追い続け、ようやくここまでたどり着いた。とんだ遠回りをさせられたぞ。金さえかえしてくれれば、おまえみたいな滓《かす》の命まではとらんさ。あの別嬪《べっぴん》の女房と餓鬼と、これからも暮らしたいのだろう」

北の空の果てに、音もなく稲妻が走った。

それを合図に、季節はずれの蜩が、かなかな……と鳴いた。

「忍、世話をかけるな。女房と餓鬼まで殺《あや》めて、家捜しなんぞご免だ」

だが蜩はすぐに鳴き止んで、三人の様子をうかがった。

平ノ介は、じっと土屋を見つめていた。

さわさわと、雨が平ノ介を促した。

「金は伝七から預かったものだ。かえしてほしければ伝七の許しを得てこい」

低い、よく透《とお》る声だった。

「口がきけるとわかって安心した」

土屋と吉三郎が笑った。

「伝七は死んだ。おまえのことは伝七から聞いたのだ。王子村のどこかに身をひそめて、三年後に会う約束だったな。金を山分けしても、おまえらみたいな貧乏人には使い道もわからんだろう」

土屋は抱えていた深網笠を辻堂の縁に投げ捨てた。

「ひとりは他人に成り変わって人足寄場に身を隠す。ひとりは殺した主人の妾と手に手をとって王子まで、か。おまけに餓鬼まで拵えてやがる。まったく、おまえら小悪党のやることは、そこまでやるかと呆《あき》れるほど埒《らち》がない」

「伝七を、殺したのか」

平ノ介が、言葉少なく低い声をまた薄闇に透した。

「殺してくれと泣いて頼まれたのだ。だから楽にしてやった。情けだ」

土屋は、は、は、と鷹揚《おうよう》に笑い声をまいた。

「ならば、かえす相手はもういない。諦《あきら》めろ」

土屋は笑い声と肩のゆらしを止めた。

平ノ介に対し、斜《はす》にかまえた。

吉三郎が懐に手を差しこんだまま身体をかがめ、膝をゆるく折った。

「おまえみたいな滓など、斬りたくないのだ。女房も餓鬼も、始末することになるぞ。命より金が惜しいか」

「金などいらん。だが預かった相手以外には金は渡さん。それが筋だ」

平ノ介は静かに言った。

「馬鹿か、おまえ。善人ぶるやつを相手にすると虫酸《むしず》が走る」

土屋は、かあっと唾を吐いた。

そして、かちっと大刀の鯉口《こいぐち》をきった。

平ノ介は破れ蛇の目を差したまま、寸分も動かなかった。

吉三郎が懐から匕首を引き抜いた。

「平ノ介、冥土《めいど》に金は持ってけねえぜ」

吉三郎が喚いた。

土屋は柄を握り、身体を低くした。

天真正《てんしんしよう》伝《でん》香《か》取神道《とりしんとう》流《りゆう》の抜刀術を心得ている。

抜き打ちで相手の胴を断つ。抜いたとき、平ノ介は二つになっている。

これまで何人斬ったか、土屋は覚えていない。

「消えろっ」

何人斬っても、同じだ――土屋は吐き捨てた。

身体がいっそう沈んだ。

そして伸びあがった。

しゃっと、刀身が鞘を滑った。

だが、平ノ介は微動だにしない。

刹那《せつな》、抜刀と同時に破れ蛇の目を下段より上段へ斬り裂いた。

雨の飛沫が飛び、吉三郎が息を呑んだ。

二つになった蛇の目が、くるくると野に飛んでゆく。

次の瞬間、土屋は蛇の目の向こうに空虚な薄暮を見た。

あっ。

平ノ介が土屋の右脇へ踏み出していた。

同時に右肩の一刀を左手で抜き放ち、蛇の目を斬り裂いた土屋の右脇腹を、事もなげに薙《な》いでいた。

まるで邪魔な藪を払うように、無造作に。

土屋は奇妙な声をあげ、身体をねじった。

たたらを踏んだ。
平ノ介はそのまま一刀を夜空に回転させ、ふり向きざま吉三郎の腹を抉《えぐ》った。
吉三郎は激しい衝撃を受け、雨に濡れた道へ薙ぎ倒された。
吉三郎の悲鳴があがったのは、道へ転がってからだった。
刹那の間がすぎたとき、土屋はまだ何が起こったのかわからなかった。
ただ、まずいと思った。
腹を押さえ、刀を杖に、草むらへよろめき逃げた。
しゅ、しゅ、と腹からとき折り血飛沫が噴いた。
草むらを抜けると、田植前の水を引いた水田が広がっていた。
黒い水面に降りしきる雨が細かな無数の波紋を描いていた。
水田へ踏み入り、泥に足をとられた。
だがここを抜ければ、傷の手あてができる。
ずぶずぶと水田に沈む足を、一歩、一歩、と進めた。
「金は渡さん」
すぐ後ろに死神が止《とど》めを刺すために迫っていた。
死神は青白い顔に笑みさえ浮かべているかのようだった。

土屋は初めて恐怖を覚えた。

「た、助けて」

と叫んだ。泥に足をすくわれ、黒い飛沫が飛んだ。

背中に二太刀を浴び、ふりかえってふり廻した刀がはじき飛ばされた。

それから、三太刀四太刀と左手一本で繰り出される執拗《しつよう》な打ちこみに、額と肩、胸を割られた。

雨も、痛みも感じなかった。

土屋はかすかな白みを残した宵の空を見あげ、水田に舞った。

傷の、きずの手あてをせねば……

土屋は思いながら、迫る死神の吐息を聞いていた。

八

夜が更けても、雨は止まなかった。

表の板戸を叩く音が、龍平の眠りを破っていた。

雨のために濡れ縁の雨戸はたてているので、寝間は少し蒸した。

龍平は上体を起こした。

「お出かけになりますか」

暗がりの中で、胸にすがる菜実を抱いた麻奈が言った。

「すぐ出かけることになると思う。すまないが用意を頼む」

「はい。すぐ支度をいたします」

俊太郎は大の字になって、布団の外で寝息をたてている。

布団へ戻すために身体をそっと抱くと、寝汗をいっぱいにかいていた。

「日暮さま、奉行所よりの使いでございます。日暮さま」

とんとんとんとん……

外の声に、軒を打つ雨の音が交じっていた。

松助が表戸を開けた。

龍平は蚊帳《かや》を出て、寝間から廊下を伝い表へ廻った。

松助が手燭《てしょく》の明かりで、表口の三和土《たたき》を照らしていた。

紙合羽《かっぱ》に菅笠の奉行所の下番が雨の中に立っていた。

「そのままでいい。入れ。用を聞こう」

龍平は上がり框《かまち》へ立って言った。

下番が三和土で腰を折り用件を伝えた。

「駒込の先、西ヶ原村百姓町家のはずれで死体が二つ見つかりました。斬殺された者らしゅうございます。村役人より至急検視《けんし》の願いが届いております。日暮さまに検視を頼むように、春原さまのご指示でございます」

「わかった。春原さんは先に向かわれたのか」

「春原さまは奉行所におられます。身体の具合がお悪いとかで、この一件は日暮さまに頼みたいと申されました」

「春原さんの見廻りの町地ではないのか」

「さようですが、どうやら斬殺された方は土屋半助さまと吉三郎という男で、土屋さまは火盗のお役人さまでございます」

龍平の脳裡《のうり》に衝撃が走った。

「すぐ支度して奉行所へいく。春原さんに事情を訊きたいので、待ってもらってくれ。松助、おまえは竪大工町の梅宮へいき、宮三と寛一に出かける用意をして待機するよう伝えよ。西ヶ原村へ向かう途中、わたしが梅宮へ寄る」

「わかりました」

松助が応え、下番は雨の中を小走りに奉行所へ戻っていった。

龍平と宮三、寛一の三人は、西ヶ原村の番太に名主の庭へ案内された。

降り止まぬ雨の中、三人は菅笠に、それぞれ紙合羽を羽織っていた。

龍平は雨の中を長く歩くことを考慮し、定服の黒羽織ではなく、細格子の白衣に裁着袴《たつつけ》、紺足袋草鞋《わらじ》に拵え、二本と十手《じって》を与力がするように腰へ帯びた。

大きな母屋の影が、萱葺きの屋根を夜空へうっそりともたげている。

庭へ突き出した軒庇《のきびさし》から雨垂れが飛沫をあげ、広い農家の庭の暗がりを寂しく騒がせていた。
七、八人の提灯《ちょうちん》を提げた村役人や村民らが、庇の下に並べた二つの筵莫蓙を照らしていた。
暗くて定かには見えないが、広い庭の反対側に馬小屋があるらしく、人の騒がしさを聞きつけて目覚めたか、鼻息を闇の中で鳴らしていた。

「あれでごぜいやす」

番太が言い、村役人が龍平らに「お役目ご苦労さまにごぜいやす」と次々と言った。このあたりは、江戸町方支配でありながら年貢に関しては郡代《ぐんだい》支配の、朱引内の北限にあたる。

村名主のひとりが二体にかぶせた筵をめくり、村人らに、

「みな、明かりを近づけろ」

と、促した。

龍平は骸《むくろ》の傍へかがんだ。

顔面と胸に無残な刀傷と流れ出た黒い血の筋があり、顔が壊されたように歪んだうえに泥で汚れていたが、まぎれもなく今朝、御番所に現れた火付盗賊改の同心土屋半助だった。

今朝のあの尊大な面影はなく、土色に褪《あ》せた空虚に包まれていた。

隣の吉三郎は、炭火の燃え滓のような灰色の顔色で、薄く開いた紫色の唇の間から、黄ばんだ二本の歯がのぞいていた。

傷は腹に受けたひと太刀だけだった。

けれどもあふれ出た血が、腹から下を赤黒く覆っていた。

「こっちはこの先のお堂の前で、虫の息でうずくまっておりやした。こっちはそのそばの田んぼの、泥の中に沈んでおりました」

頬かむりをした百姓のひとりが言った。

「手にかけた者を、見たのか」

「そいつは、見ておりません」

見つけたとき、吉三郎はかすかな息をしており、急いで駒込の医師を呼びにやり一応は看《み》せた。しかし、

「これでは、手の打ちようがない」

と医師は看たて、龍平らがくる前に早々に引きあげていた。

吉三郎は、ただもう死を待つばかりに横たえられていた。

「火盗の土屋半助と手先の吉三郎に間違いない」

龍平は宮三と寛一に言った。

「刀傷の多さは、手にかけた者の遺恨の凄《すさ》まじさを表していますね」

宮三が応じた。

「そうだ。吉三郎は一撃だが、土屋には何度も斬りつけた」

龍平は村名主を見あげた。

「この二人が土屋半助と吉三郎とわかったそうだが、誰が知っていた」

「へい。おらが……」

と番太の男が腰を折った。

「数日前から、王子村からここらを、妙な男らがうろついてると噂がありやし

た。一昨日《おととい》、村の道で二人を見かけ、こいつらだろうと思って問い質したところ、火付盗賊改の土屋半助さまと手先の吉三郎さんだとわかりやした。何やら隠《おん》密《みっ》の探索をしていると、うかがいやした」

「火盗の役宅にも、報《しら》せは出したのか」

「へえ、それは御番所へ届けてから」

と、村名主が言いかけたとき、吉三郎が、
ぐふ、ぐぐ……

と身体をわずかに痙攣《けいれん》させた。

提灯の明かりが後退った。

吉三郎が唇を震わせた。

「吉三郎。どうした、何があった」

龍平は吉三郎に顔を寄せ、大声で呼びかけた。

吉三郎の声がかすかに漏れ、龍平は耳を近づけた。

へい……

最期の息の中で、そんなような言葉が聞きとれた。

雨の音が邪魔になった。

「吉三郎。へい……なんだ？　へいのすけと言いたいのか？」

龍平は叫んだが、吉三郎の声はかえってこなかった。

龍平ら三人が雨の本郷通りを急ぎ戻っていたとき、道の先から龕燈《がんどう》を提げた人馬の一隊といき会った。

先頭の士《さむらい》が、龍平らに龕燈の明かりを差し向け、

「何者だ」

と呼びとがめた。

一隊はみな菅笠に紙合羽、黒っぽい羽織と股《もも》だちをとった袴だった。

馬上の塗笠をかぶった頭らしき侍の影が、馬を止めた。

馬が蹄《ひづめ》を鳴らし、いなないた。

「北町奉行所同心日暮龍平と申します。この二人はわが手の者。この先、西ヶ原村にて人が斬られ、その検視よりの戻りでございます。ご無礼をお許しください。そちらさまは」

「町方か。こちらは火付盗賊改本役渡辺孫左衛門さまである」

聞かずとも龍平にはわかっていた。

「われらもこれより西ヶ原村へ向かうところだ。検視はすんだのか」

「はい。村名主清右衛門《せいえもん》の庭に二体、寝かされております」

「土屋半助と吉三郎だな」

「はい」

「手にかけた者は捕えたのか」

「まだ判明もしておりません」

「お頭……」

龕燈を提げた士が馬上の侍へ見かえった。

「よい。急げ。町方の者、土屋はわが配下の者だ。この一件、われら火盗改が引き継ぐ。よいな。以後はそう心得よ。いくぞ」

鞭《むち》が鳴り、馬がいななないた。

一隊は声もなく、雨の道をゆきすぎていった。

「引き継ぐって、旦那、じゃあ町方は手を引けってんですかい」

寛一が一隊の影を夜の闇へ追ってから、ふり向いて言った。

「そういうつもりだろう。だが町方は御番所の支配下だ。手を引くか引かぬかは御番所が判断する。なすべきことをなす。宮三、寛一、急ごう」

龍平は、言い終わる前に歩き出していた。

九

そこは、高輪車町と泉岳寺《せんがくじ》門前町を隔てた表通りと横町の辻に設けた自身番である。

龍平は六畳の畳敷の部屋に黙然《もくねん》と座し、軒先から垂れる雨音を聞いていた。

当番の家主三人が、外の暗がりをうかがっていた。

一隅の机に向かった書役《かきやく》が団扇を使っていた。

誰も口を利かなかった。

明けの七ツ（午前四時頃）に近い刻限で、町はまだ寝静まっていた。

やがて、雨が蛇の目を打つ音がした。

「見えました」

入り口に近いひとりが言った。

上がり框の玉砂利を踏んで、昨日の夕刻に会ったばかりの末が部屋の龍平に頭を垂れた。

涼しそうな絣《かすり》の単衣に藍《あい》の女帯を締め、手には風呂敷包みを抱えていた。

化粧っ気のない白い肌に、ほのかな朱が差し、くっきりとした目には、憂《うれ》いが浮かんでいた。宮三が自身番の蛇の目をすぼめ、

「入んなせえ」

と末を促した。

二人の後ろに、寛一が蛇の目を差し、赤ん坊を抱いた痩せた若い男がいた。

「ご亭主だな。こんな刻限にすまない。赤ん坊は大丈夫か」

龍平が言うと、末が応えた。

「乳をほしがるかもしれませんので、申しわけありません」

亭主がおどおどと龍平に頭をさげた。

龍平は畳敷に続く三畳ほどの板敷で、末と向かい合った。

末は膝の脇に風呂敷包みを置いた。

仕きりの障子は開けたままで、二人以外は畳敷に控えた。

書役は筆の準備をし、寛一は手控帖と矢立《やたて》の筆を握っていた。

赤ん坊は父親の腕の中で眠っている。

「駒込村の先、西ヶ原村の野道で、昨夜、火盗の土屋半助と手先の吉三郎が斬ら

れて、亡くなった。これで四人の男が死んだ」

龍平は言った。

「四人の男らは、三年四月前の朱鷺屋の一件に一様にかかわっていることはもはや明らかだ。土屋と吉三郎を斬った者が誰か、まだわからない。けれどもお末さん、あんたには誰が斬ったか、わかっているな。昨日の夕刻、話したこと以外にまだ聞いていない事情があるな。それを聞かせてもらおう」

末はうな垂れ、膝の上の両手を握り締めた。

ほつれた髪が額や首筋に垂れていた。

「火盗が乗り出した。朋輩が斬られたのだから火盗は必死だろう。人は、罪を犯したのなら、おのれの罪を償わねばならん」

龍平は、ふと胸の昂《たか》ぶりに気がついて、深くゆっくり息を吐いた。

「善人も悪人もない。この一件で多くの命が消えた。もう十分だ。始末をつけるときがきたのだ。それが人の世の定めだと思う。お末さんは誰かのために何かを隠している」

末の丸い頬に、涙がひと筋伝わった。

「その誰かとはお林さんのことか。もしかしたら忍平ノ介のことか。三年四月前の赤城明神下のあの家に押しこんだのは、朱鷺屋の手代の伝七と忍平ノ介だったことを、お末さんは気づいていたな」

末は指で頬の涙をぬぐった。

「三年四月前の朱鷺屋の一件で、お林さんが何かをした。だからお林さんをかばうために、あんたはこれまで誰にも話さず、その何かを胸の内に仕舞ってきた。そうだな」

誰もしわぶきひとつしなかった。

「お末さん……」

龍平が言いかけたとき、

「違います。お林さんは、何も悪いことはしていません。お林さんは本当に綺麗な、心の優しい、あたしには実の姉さんみたいな人でした」

と末が懸命に言った。

「いつかは、誰かに話すときがくると、思っていました」

龍平は末が涙をぬぐい、ひと呼吸置く間を待った。

「あの晩の賊が誰かなんて……賊はひとりは背が高くてひとりは小柄でした。背の高い賊が刀を突きつけ、小柄な方が言ったんです。大人しく従えば命は助けて

やるって。覆面をして顔は見えなかった。ただ、声は聞きました」

末は口を両掌《りょうて》で覆い、考えた。

「声が誰か、わかったのだな」

口を両掌で覆ったまま、頷いた。

「声は、伝七だったのだな」

末はこくこくと不安げに頷いた。

「もうひとりは？」

末は首を横にふった。

「賊のもうひとりは、一度も口を利かなかったんです。あたしとお林さんは縛られて猿轡を嚙まされ、押し入れの中へ入れられ、伝七さんの声と、長左衛門さんの呻き声だけが聞こえていました。でも……」

と言いかけてためらった。しかし、

「押し入れに入れられる前、三人が下のひと部屋に集められたとき、刀を突きつけていた背の高い人は、左利《き》きでした」

と続けた。

「右手が少し不自由みたいで、左手で刀をかざしていました」

「忍平ノ介は左手で剣を使う。お末さんは知っていた。お林さんも知っていたのだろう」

末は顔をわきへ落としていた。

「あんたもお林さんも、三年四月前、なぜそれを役人に言わなかった」

末はすぐには応えなかった。赤い唇を嚙み締めた。

「お調べは、火付盗賊改の土屋さまと、吉三郎さんと常次さんでした。三人があたしとお林さんをとり囲んで、見たことを話せと、言いました。見たとおりのことを話しました。押し入れの襖を押し倒して外へ出たら、長左衛門さんはもう亡くなっていましたって……」

末はまたこくりと首肯した。

「しかし、賊が伝七と忍平ノ介だとは言わなかった」

「長左衛門さんは隠していましたけど、あたしらは知っていました。赤城明神下の長左衛門さんの妾宅では、盗品や横流ししたお店の売り物などを質にとる裏稼業が行なわれていたんです。小日向の朱鷺屋は請人《うけにん》のいない質はとらないし、質札と通い帳を出す定質《じょうびち》でしたけど……」

末は唾を呑みこんだ。

「赤城明神下は、脇質《わきびち》だったんです」

脇質とは、質の看板を出さないもぐりの質屋のことである。

博打の資金も貸す裏金融でもあり、いかがわしい物を質にとり、表店の八ヵ月の質流れにまぎらわせ、金にかえてゆく。

盗品などの一種の裏の流通でもある。

「長左衛門さんが仕きり、長吾さんは小日向のお店を任されていました。伝七さんが小日向と明神下をつなぐ役割を果たしていて、二日に一度は、葛籠《つづら》をかついで質やお金をこっそり運んでいました」

六畳の家主らから、ひそやかなざわめきが起こった。

「長左衛門長吾親子が組んで、やっていたのか」

「はい……それから、土屋さまと吉三郎さんと常次さんも、仲間でした。土屋さまは、月に一度必ず見えて、分け前を持っていかれました」

三人は朱鷺屋と組んで、脇質の裏稼業に手を染めた仲間なのだ。

人足寄場から出てきた伝七を待ち受けていたのは土屋と吉三郎と常次、あの日、北新堀の土蔵で力谷が見た三人に違いなかった。

「裏稼業の人がお客さんでした。でも中には、大店の手代みたいな人もいまし

た。くるのはたいてい暗くなってからです」

「妾宅には、脇質の金も置いてあった。当然、伝七は知っていた。四、五十両どころの金ではなかった。それを狙って押しこみを企てた」

「たぶん、そうだと思います。どれほどのお金が、どこに隠してあったかは知りません。ただ、賊が引きあげた後、床の間の置物を置いた板が一枚、暴かれていて、下に小さな穴が作ってありました。そのとき、そこにお金を隠していたのがわかりました」

末の絣の胸元がはずんでいた。

龍平は末を穏やかに見つめ、だが話は半分しかすんでいないと、考えた。

なぜ賊をかばった。その応えがまだだった。

「お末さん、伝七はどうして相棒に忍平ノ介を選んだのだろう。二人は前からそれほど親密な仲間だったのか」

「賭場で知り合ったと、聞きました。伝七さんはちょっとすれていたけれど、あたしらには親切な人でした。押しこみを働くなんて、そんな人とは思いませんでした。忍さんだって、本当に物静かな人で……」

「平ノ介は伝七の口利きで、一時期、長左衛門の用心棒に雇われていたが、三月

ほどで辞めさせられた。そのわけが、お林さんと平ノ介の理ない仲にあったと長吾は言った。だがお末さんは昨日の夕刻、知らないと言ったね。長吾がお林さんに拒まれた腹いせに、そんなことを言ったと」

　末は黙っていた。

「本当のことを言ってくれ。お林さんと平ノ介の仲は、あったんだな」

　雨の音がさわさわと聞こえていた。

　外はまだ闇だが、遠くで一番鶏《どり》が鳴いた。

「あんたが三年四月、胸に仕舞っていたことを、聞かせてくれ」

　末の頬に涙がひと筋伝わった。それから二筋、三筋……と止めどなくこぼれ出る涙を、傍らの風呂敷から手拭を抜いてぬぐった。

　風呂敷には着替えらしき着物が入っているのが見えた。

「お林さんは、風鈴を軒に、吊るしたんです」

　と、手拭で目を覆ったまま涙声で言った。

「風鈴？」

　末は頷いた。

「冬でした。けれど忍さんが用心棒を辞めさせられた後、お林さんは長左衛門さんがこない日は、軒に風鈴を提げておいたんです。忍さんが訪ねてきても大丈夫という徴《しるし》に……」

「長左衛門のこない日に、二人は逢っていたのか」

「忍さんは、お林さんが初めて、初めて好きになった人なんです」

末は上体を折り、咽《むせ》び声を絞った。

十

林は日光《にっこう》道の宿場町、幸手《さって》の在郷商人の娘だった。

祖父母に両親、三人の弟と妹がいて、幼いころの林は暮らしに不自由なく育ったが、林が十歳のとき、家が不慮の火事に遭って父親は元手を借りて仕入れた品に損害をこうむり、大きな借財を負った。

その借財のために訴えられた父親は、牢《ろう》に入れられ、三十代の若さにもかかわらず、苦悶のうちに牢で病死した。

父親の死後、一家は暮らしの手づるを求めて岩槻《いわつき》へ出た。

母親は昼は旅籠《はたご》の端女《はしため》になり、夜は内職に明け暮れた。

林も商家の下女に雇われ働いて、一家の暮らしを支えた。

数年がすぎ、妹がようやく働けるようになったころ、今度は祖父が寝たきりになった。

下にはまだ幼い兄弟がいたうえに、祖父の薬代、父親の残した借財もかえさねばならず、一家は塗炭《とたん》の苦しみの中でもがいていた。

ただ、そんな暮らしの中でも林は近所で評判の器量のいい娘に育っていた。

林が十五になったある日、評判を聞きつけた女衒《ぜげん》が身売り話を持ってきた。

林は、暮らしに窮した一家のために身売りをするしかないと決心した。

玉出《たまだ》し屋《や》と呼ばれる女衒の仲介で、江戸は麴町《こうじ》の色茶屋へ身売りしたのはまだ十五の春だった。

一年もたたぬうちに、林は麴町では評判の女郎になった。

十九の年に麴町から品川へ替わった。

それから愛宕《あたご》神社下へ流れ、朱鷺屋長左衛門に身請けされた五年前は、牛込の赤城明神参道に並ぶ水茶屋へ務めていた。

すべてはお金のためだった。

「どういう年月だったのか、お林さんは何も言いません。けれど、お林さんはお父っつぁんの残した借金をかえすために、自分さえ我慢すればと借金を背負って、一家のために堪えてきたんです。なのに……」

末は手拭で目をぬぐった。

「身請けされたときには、じいちゃんばあちゃんも、おっ母さんももう亡くなって、妹や弟たちは奉公に出て一家は散りぢりになって、お林さんには帰る故郷も家族もなくなっていたそうです」

ゆるやかな風が吹きこみ、末のほつれた髪が小さくゆれていた。

「お林さんは言ってました。借金はかえせたけれど、もう帰る家も待っている人もいなくなったのって。そんなの、あんまりじゃありませんか。一家が暮らしていけるように寂しさにも辛さにも堪えて生きてきた間に、一家が離散して消えていたなんて」

末は膝の上で手拭を握り締めた。

「長左衛門さんは吝い人でした……」

龍平は末を見守った。

「身請けしたときに、お林さんに支度金を渡す約束だったそうです。だからお林さんは承知したのに、おまえの奉公次第だとうやむやにしてしまったし、おまえの身請けにどれだけ金を使ったと思うんだと、逆にお林さんを責めて、奉公のお給金からご飯代までとっていたんです」

末が咳《せ》きこんだ。

寛一が鉄瓶の冷たい茶を碗についで、末と龍平の前に置いた。

末は寛一に頭をさげて、茶を含み、そっと喉を潤した。

外はまだ雨が降っていた。

「忍平ノ介に、お林さんは惹《ひ》かれたのだな」

「たぶんお林さんは、我慢して耐えていたけれど、本当はひどく寂しかったんです。十五の年で身売りしてからずっとひとりだったし、きっと、人を慈《いつく》しんだり、恋しく思うことに、心が渇いていたんです」

末はひと言ひと言、噛み締めながらこたえた。

「お林さんは可哀想な目に遭っている人が、辛そうに、寂しそうに、悲しそうにしているのを見ると、自分の境涯と重ねて、その人と一緒に辛く寂しく悲しくなってしまうんです」

「人に優しく憐《あわ》れみ深いのは、お末さんも同じではないか」

龍平が言うと、末は顔を左右にふった。

「あたしなんか、お林さんと較べたら足元にもおよびません。お林さんは観音さまみたいに、誰にでも慈悲深くて、優しくて……」

「お林さんは、忍平ノ介のことを知っていたのか」

末はまた首を左右にふった。

「お互いを知らなくても、心が通じ合ったのだと思います。どういう経緯があったのかは、聞いたことありません。いけないこととわかっていました。でもあたしはお林さんに好きな人ができて、本当によかったと思いました。どうか長左衛門さんに知られないようにと、祈っていました」

「だが、長左衛門に知られた」

「長左衛門さんは、お林さんと忍さんの仲を疑い始めたんです。証拠をつかんだとかそういうのではなかったけれど、お林さんが長左衛門さんに、お暇を願い出たんです。長左衛門さんは、おまえにどれほど金を使ったと思う、そんな恩知らずなことを言う前に借金をかえせって、喚きました」

それから長左衛門は、忍平ノ介をお払い箱にした。しかし、

「平ノ介さんは、人目を忍んで、お林さんに逢いにきたんです。冬の木枯らしが吹く寒い日でした」

と末は続けた。

「そんな日に、お林さんは裏庭に面した濡れ縁のある軒に、風鈴を吊るしたんです。冬なのに木枯らしの中で風鈴がちりんちりんと鳴って、とても寒そうでした。そうしたら忍さんが訪ねてきたんです。台所の勝手口に、忍さんが黙って立っていたんです」

末は乾いていた頰に、新しい涙を伝わらせた。

「瘦せていて、どこかしら悲しそうでした。逢いたくて、我慢できずにきたんだなって思いました。そう思ったら涙が出てきちゃって、お使いにいってきますって声をかけて、外へ出ました。夕刻までぶらぶらして、それから戻ると、もう風鈴はさがっていませんでした」

末は涙を拭った。

「何日かがたって、お林さんはまた風鈴を吊るしたんです」

「平ノ介も、現れたのだな」

「はい。風鈴の徴の意味がわかってからは、なるべくお使いの用を作って出かけるようにしました。水道町の石切《いしきり》橋のところで、もしや長左衛門さんがきやしないかとどきどきしながら見張っていました。長左衛門さんが見えたら、急いで知らせに戻るつもりでした。なんだか、馬鹿みたいですね」

　末は涙を拭きながら、くすりと顔をほころばせた。

「近所の目があっただろう。噂にのぼらなかったのか」

「噂になっていたかもしれません。でもあのときは、お林さんも忍さんも人目を気遣うより、互いを恋しく思う気持ちが勝《まさ》っていたんです。それに、あそこは変な人が集まる家と前から噂がたっていました。噂が広がらなかったのは、火付盗賊改の土屋さんたちもきていたからだと思います」

「赤城明神下が、長左衛門の脇質の場所だったことが幸いしたか。ならば、長左衛門は二人の仲を疑っているだけで、確かなことは知らなかったのだな」

「長左衛門さんには知られました。お林さんに、子供ができたんです」

　六畳間の家主らが、またひそひそと言葉を交わした。

「お林さんに子供ができたからと言って、平ノ介の子供とは限らないだろう」

「長左衛門さんは、お林さんを身請けする前から、役にたたなくなっていたんです。お林さんを玩具《おもちゃ》にするのが、長左衛門さんの楽しみ方でした」

　末は深い息をした。

「昔から持病を抱えていて、年をとってから急に衰えがきたと、長左衛門さんが土屋さんたちにお酒の席で戯《ざ》れ事《ごと》めかして話して、お酌をしていたお林さんをからかっていたのを聞いたことがあります」

龍平は宮三と顔を見合わせた。

宮三は、思案深げに表情を曇らせていた。

「長左衛門さんは身ごもったことを知って、お林さんを責めました。誰の子だと。でも長左衛門さんは、すぐ気づいたんです。忍さんだって……」

「長左衛門は、平ノ介が相手とわかって、どうした」

「間夫《まおとこ》はあの平ノ介とかいう破落戸だな。前から怪しいと思っていた。だからお払い箱にしたのに、盛りのついた雌猫め。そんなにあの野良犬がいいなら内済にしてやるから、二人で千両寄越《よこ》せ。それで許してやると、言いました」

長左衛門は、腹の子をわざと堕胎させようと林に激しい折檻《せっかん》を加え、

「汚《けが》らわしい雌猫。餓鬼なんぞ産ませねえぞ」

と罵《ののし》った。林は身ごもった腹を必死にかばい、

「わたしの子に手を出さないで。子供を殺したら許さない」

と長左衛門に抗《あらが》った。

長左衛門は林の髪をつかんで引きずり廻し、美しい顔が腫《は》れあがるほど打ち、

「がきを堕《おろ》せ」

と喚きながら暴行を続けた。

「見ちゃあいられませんでした。あたしも止めに入りましたけど、女二人でも荒れ狂った長左衛門さんの力にかなわなかった。あたしが、包丁で、長左衛門さんを刺そうと思いました。長左衛門さんが殺されずにあんなことが続いていたら、あたし、きっとそうしていたと思います」

「長左衛門はなぜ、お林さんに暇を出さなかった」

「長左衛門さんは、あの綺麗なお林さんを手放す気なんてなかった。自分の宝をほかの男に渡す気なんて、なかったんです。たとえ千両を積まれても」

冬が去り、春がきた一月の寒い日だった。

林は軒に風鈴を吊るし、忍平ノ介がきた。

二人は長いこと逢えず、そしてそれが赤城明神下での最後の逢瀬《おうせ》だった。

末は、二人が風鈴を提げた部屋で話しているのを、庭の隅に身をひそめて盗み聞いた。

「もう逢えない」

と林が言った。

「このままだと、お腹の子が殺されてしまう」

「逃げるのだ、遠くへ」

と平ノ介が言った。

「あなたは、あなたはどうするの……」

平ノ介は応えなかった。

「王子権現で、小さなお蕎麦屋さんを開いている知り合いがいます。昔、務めに出ていたころ、とても親切にしてくれた旦那さんです。その人にわけを話せば、きっと力になってくれます。わたしは王子に逃げます」

「わかった」

「約束してください。あなたも王子へきて。きっと、きっとよ。わたしは子供を産んで、子供と二人で、あなたを待っています」

「必ずいく。することがある。それをすませてから、必ず。おまえがどこにいようと、捜し出して……」

それから数日がたって、赤城明神下の妾宅が二人組の押しこみに襲われた。

長左衛門が殺され、金が盗まれた。

倅の長吾は、盗まれた金は四、五十両です、と言った。

「もしも、もしも、お林さんが今ごろ、王子のどこかで忍さんと暮らしていたとしても、お林さんはなんにも知らないんです。あの人は真っ白な穢《けが》れのない心で、好きな人の子供を産んで、小さな所帯を持っただけなんです。生まれて初めての、ささやかな幸せを、守っているだけなんです」

龍平には言葉がなかった。

宮三は腕を組んでうな垂れ、寛一は手の甲で頰をぬぐっていた。

末は両手を揃えて龍平に、おずおずと差し出した。

「あたしはお上に本当のことを隠していました。お咎めを受ける覚悟はできています。どうか、あたしをお縄に……」

そのための、着替えを包んだ風呂敷包みか。

六畳で父親に抱かれた赤ん坊が、小さな声で泣いた。

末は涙に暮れた顔を、赤ん坊の泣き声の方へ向けた。

雨は止んで、海原の彼方《かなた》の東の空が赤々と燃え始めていた。

龍平と宮三、寛一の三人は高輪の海辺の道を、東に江戸湾を望みつつ、芝《しば》の方角へとっていた。

高輪大木戸の石垣が、道の前方に見える。

道を北へひたすらゆけば日本橋、南へとれば品川宿を越えて東海道《とうかいどう》を上《のぼ》る。

長い夜だった。

三人は雨上がりの道に残った水溜りをよけながら、火照《ほて》った顔を海からの朝風が撫でるのに任せた。

「伝七は、平ノ介が王子にいることを知っていた。人足寄場に身を隠す前に、平ノ介と三年後に会うとり決めをしていたのだ」

龍平は後ろの宮三に、歩きながら話しかけた。

「ということは、伝七と忍平ノ介は盗んだ金を、三年後に山分けにする手はずにしていたってことですね」

宮三が低く応えた。

「たぶんそうだ。金は忍平ノ介が持っている。土屋たちは、妾宅に金が隠されていることを知っているのはおのれら以外には伝七だと、すぐにわかった。だから伝七を追っていたのだ。寄場から出てきた伝七は、土屋らの拷問を受け、洗い浚《ざら》い白状させられたのだろう」

「土屋らは王子近辺で忍を捜し、やっと捜し当てたが、逆に斬られた」

龍平はゆっくり、考えながら頷いた。

忍平ノ介とは、どんな男なのだ。

右手が少し不自由で、左手で剣を操る侍。腕利き。忍藩の浪人。

「平ノ介を、捕える」

龍平は呟くように言った。

「伝七は、忍平ノ介に四、五十両どころじゃねえ大金を託したとすりゃあ、忍をずいぶん信用していたんですね」

宮三が訊いた。

「伝七は知っていたのだろう。平ノ介と林の仲を。おそらく、二人に子供ができて、長左衛門から逃げるしかなかったこともな。伝七は平ノ介が信用できる男と見定めて、話を持ちかけたんだと思う」

「そうでしょうね。そうとしか考えられませんよね」

そのとき、海に朝日がのぼり始めた。

街道をゆく旅人が海辺に立ち止まり、朝日に柏手《かしわで》を打った。

「旦那、お天道《てんとう》さまが綺麗だ」

と寛一が後ろで声をあげた。

三人は足を止め、深い紺色に染まった海原に架かる真っ赤な朝日を拝んだ。

「旦那、どうにか謎が、解けましたね」

「ああ、親分。解けた謎のゆく末を、見届けにいこう」

「いきましょう」

宮三がこたえた。

第三話　おぼろ月

一

　五月のその朝、北町奉行永田備前守《ながたびぜんのかみ》は、二間半（約四・五メートル）の素鑓《すやり》を架けた用部屋西側の壁を背に着座して、裃《かみしも》の膝《ひざ》を、閉じた扇で軽く打っていた。

　奉行右手の、内玄関のある廊下にたてた杉戸の前に詮議《せんぎ》役筆頭《ひっとう》与力《よりき》柚木常朝《ゆずきつねあさ》、奉行左手、祐筆詰所《ゆうひつつめしょ》の杉戸の脇には年番方《ねんばんかた》筆頭与力福澤兼弘《かねひろ》が対座していた。

　南の中庭へ向いた縁廊下側の腰障子《こししょうじ》が風通しをよくするため開けられ、中庭の夾竹桃《きょうちくとう》で赤百舌《もず》が、ぎちぎち、ぎちぎち、と鳴いていた。

　中庭越しの廊下の瓦《かわら》屋根には、日盛りにまだ早い朝の光が降っている。

日暮龍平は春原繁太と並んで、奉行よりおよそ二間（約三・六メートル）を隔てて畏《かしこ》まっていた。

龍平らの後ろでは、十人の用部屋手付同心が粛々と執務にあたっている。

「ふむむ……」

と奉行が、龍平の説明を咀嚼《そしやく》するかのように、小さくうなった。

「手の者が確かめましたところ、北新堀の土蔵で力谷が拾いました手拭《てぬぐい》は、吉三郎が花川戸で営む船宿新鳥が金龍山浅草寺《きんりゆうさんせんそうじ》へ奉納した物でありました」

龍平はちらりと、奉行の表情をうかがった。そして、

「また、白山神社前の忍平ノ介が居住しておりました岸五郎店《きしごろうだな》には、文化十一年の正月ごろ伝七らしき人物がおよそひと月ほど居候《いそうろう》していたこと、同じ店の住人が記憶しておりました」

と続け、奉行との間の備後畳《びんごだたみ》に目を落とした。

「赤城明神下朱鷺屋長左衛門妾宅《しょうたく》の一件は、文化十一年一月の下旬に起こっております。伝七は朱鷺屋を辞めてから忍平ノ介の元に身をひそめ、平ノ介とともに押しこみ強盗の機をうかがっていたと思われます」

福澤と柚木が龍平に眼差しをそそぎつつ、頷《うなず》いた。

「以上により、常州無宿鉢助こと元朱鷺屋手代伝七殺害は、火付盗賊改《ひつけとうぞくあらため》同心《どうしん》土屋半助、土屋の手先吉三郎、同じく吉三郎下っ引常次に相違なく、さらに西ヶ原村における土屋半助並びに吉三郎斬殺《ざんさつ》は、忍藩浪人忍平ノ介の手によるのは明らかであります」

「なるほど。よくわかった」

奉行は唇をぎゅっと結び、それから短く訊ねた。

「今後は？」

「末の言辞《げんじ》によれば、忍平ノ介の行方をつかむ鍵を握るのは林であり、林は朱鷺屋一件の起こる前、王子権現の知り合いを頼る意向を持っておりました」

龍平はこたえた。

「土屋と吉三郎が斬られた西ヶ原村も王子村に近く、忍平ノ介の蟄伏《ちつぷく》先は王子近辺。おそらく平ノ介は、王子近辺のいずれかで今なお林と暮らしをともにしております」

「王子権現の周りは、料理屋や茶屋などの店が多い土地だな」

「ただ今、手の者に王子権現の周辺を中心に林の所在を探らせております」

「林の所在がわかれば、おのずと忍平ノ介の行方は明らかになるか。ふむ、よかろう。それから？」

「忍平ノ介は忍藩の浪人という以外、素性《すじよう》が知れません。名も偽名を使っていると考えられます。国の縁者、親類、友、などのつながりから行方の手がかりがわかる場合もありますので、念のため忍平ノ介らしき人物を、忍領阿部《あべ》家の目付方と町方に問い合わせております」

「忍の者か。国で何事かを起こし江戸へ逃げてきたのかもしれん」

奉行はそう言うと、ふっと、扇子の手を止めた。

「林という女が、忍平ノ介と語らい朱鷺屋の一件を手引きした、という推量もできるのではないか」

「憐《あわ》れな女ではありますが、大いに疑われますな」

と年番方与力の福澤が言い添えた。

龍平は、それにはこたえなかった。

確かに、あらゆる事態が見こまれた。

だが、朱鷺屋の一件の真相を三年と四月《よつき》の間、胸に仕舞《しま》った末は、林の実《じつ》ある人柄を心より憐れんでいた。そして林は、身ごもった忍の子を長左衛門の暴行によって失うことを恐れ、長左衛門から逃れることのみを願ったのだ。

今、言えることはそれだけだ——と龍平は考えていた。

奉行が柚木常朝に言った。

「火盗《かとう》よりの、申し入れの件はいかがした」

「はっ」

と柚木が奉行に頭《こうべ》を垂《た》れた。

「その後、本役の渡辺さまよりの表だった申し入れは何もありません。ですが昨日、火盗の立花《たちばな》という知り合いの与力から、土屋半助が斬られた一件と、町方が掛《かかり》の伝七殺しの一件とのかかわりを問い合わせてまいりました」

火付盗賊改の同心土屋半助と手先の吉三郎が西ヶ原村にて斬られた翌日、一件の探索は火盗があたるゆえ町方は手を引いてもらいたい旨の申し入れが、本役渡辺孫左衛門より北町奉行永田備前守に届いていた。

奉行はそれに対して、まだ返事をしていなかった。

「探索の結果、火盗は土屋らが斬られた裏に、三年四月前の朱鷺屋の一件が絡んでいることに気づき、当惑しておる様子です。火盗は土屋を中心にした、吉三郎、常次の不審な動きの事情をつかんでおりませんでした」

「灯台、下《もと》暗し。案外、そういうものかもしれませんな」

福澤が言った。

「立花どのには、掛の者から探索の進捗《しんちょく》具合を確かめ、ご返事すると応えておきましたが、いかがいたしますか」

柚木が奉行の指示を待った。

「お奉行さまに申しあげます」

と龍平は言った。

「伝七殺しは町方の掛です。土屋半助、手先の吉三郎、常次らが朱鷺屋の盗まれた裏稼業の金が絡んで伝七に手をかけたことは明らかであり、その虚実を明かすためにも忍平ノ介を捕えるのは、われら町方の務めと考えます」

奉行と福澤が、顔を見合わせた。

「のみならず、いずれ、質屋の朱鷺屋の脇質《わきびち》稼業は糾明《きゅうめい》せねばなりません」

柚木がしきりに頷いた。

「土屋、吉三郎、常次の三人ともに落命した今、実情を知る者がいなくなりましたが、朱鷺屋を継いだ倅《せがれ》長吾が土屋らの動きにかかわっていなかったとは思えないのです。長吾が土屋らと仲間であったかなかったか、その疑いを晴らす必要もあるのではないでしょうか」

「さよう。朱鷺屋の方も調べねばなりませんな」

福澤がぼそりぼそりと応じた。

しかし奉行は、ゆったりとした口調で龍平に言った。

「日暮の言いたいことはわかる。町方ならば、おのれの手がけた一件はおのれの手で最後まで始末をつけたいと望むのは当然だ。そうであろう、春原」

「は? はい。さ、さようで……」

龍平と並んでずっと沈黙を守っていた春原が、奉行からいきなり声をかけられ、狼狽《ろうばい》した。

「日暮、火盗の面目《めんぼく》を潰《つぶ》さぬように土屋らの謀《はかりごと》はなかったことにしておけ。あくまで、伝七殺し探索の結果、偶然、三年四月前の朱鷺屋の一件にかかわりある忍平ノ介を知ったことにするのだ」

奉行の口調は穏やかだった。

「まずは、おぬしの手で忍平ノ介を速やかに見つけ出し、捕縛せよ。それが最優先だ。しかしながら、虚は虚、実は実としておぬしの胸の中に仕舞って裁量せよ。本役の渡辺孫左衛門どのには、始末がついた後、わたしの方から委細を伝えることにする。みなもそのように心得ておけ」

一同から異存の声は出なかった。

奉行は、閉じた扇子で袴の膝をまた軽く打ち始めた。

「日暮、これはおぬしが掛だ。忍平ノ介をとり逃がしましたでは、許されん。そんなことになったら、今度は町方が面目を潰すことになるぞ。わかるな」

必ず——龍平はこたえ、頭を垂れた。

庭の赤百舌の鳴き声が、ぎちぎち、ぎちぎち、と聞こえてきた。


同心詰所に戻った龍平に、下番《かばん》が下陣に立って「日暮さま、お客さまがお待ちです」と告げた。

「うん？　客か。どなただ」

「忍領の嵐竹蔵《あらしたけぞう》さまと申されるお待さまです」

忍領？　龍平は思わず身体が浮くのを覚えた。

「どちらに」

「はい。詰所でお待ちいただくように申しあげたのですが、ごく身分の低い者ゆえと遠慮なされ、表の腰かけ茶屋にてお待ちでございます」

龍平は足早に表門へ向かった。

五月、月番の北町奉行所表門は八の字に開かれている。

公事人《くじにん》の出入りや訪問者が多く、表門を入った左手の腰かけには門番が待機して、訪問者に応対している。

折りしも、小伝馬町《こでんまちょう》の牢《ろう》屋敷から縛《いまし》められた囚人の列が、表門左側にある不《ふ》浄《じょう》門をくぐっていた。

通りを挟んだ腰かけ茶屋の傍《かたわ》らに、老樹の松が枝を伸ばしている。

その松が影を落とす端の床几《しょうぎ》に、くぬぎ色の袴《はかま》と鼠《ねず》の上衣の侍が、場違いな様子でかけていた。

侍は表門に現れた龍平と目を合わせ、おずおずと腰をあげた。

そして通りを越え近づいていくと、深々と腰を折った。

中背の痩《や》せた体軀《たいく》の背を丸め、青白い頰《ほお》がこけて皺《しわ》が目だった。

「日暮龍平です。嵐竹蔵さんですか」

龍平から先に声をかけた。

「お役目中にお邪魔いたし、恐縮に存じます。改めまして、忍領阿部家に足軽《あしがる》奉公をいたしております嵐竹蔵でございます」

嵐はまた腰を折った。

精いっぱい拵《こしら》えているが、袴の裾がすり切れ、鼠に細い紺縞《じま》の綿《めん》の単衣《ひとえ》が色褪《あ》せ、くたびれていた。

「忍から、わざわざ」

「はい。昨日早朝に忍を出立《しゅったつ》いたし、昨夜遅く、阿部家上屋敷に入りました。旅の汚れがひどいこのような形《なり》で失礼とは存じましたが、本日、おうかがいさせていただいた次第です」

ぼそぼそと口ごもって、聴き取りにくい声だった。

忍からわずか一日で歩きとおしてきたのなら、出立は真夜中だったろう。

しかし、着物の襟元の赤茶けた染みは急ぎ旅のせいばかりではなかった。

公事待ちの茶屋の客が、龍平と嵐の様子をうかがっていた。

「どうぞ、番所へお入りください」

「いえ。出府《しゅっぷ》は上役の許しを得ておりますが、あくまでわたくし事でまいりましたもの。どうか、よろしければこちらで。あ、わたくし事と申しましても日暮さまのお役目にはいささか、かかわりのある用向きでございます」

嵐は、四十を超えた年に思えたが、見ているうちに、三十の半ばにも届かぬ年ごろらしいのがわかってきた。

「そうですか。ではそちらへ。亭主、新しい茶を二つ頼む」

龍平と嵐は、奥端の二つの床几にわかれ、向き合った。

葦簀《よしず》を背にした嵐の痩せた頰に影が差し、いっそう疲れて見えた。

「先だって日暮さまが、わが阿部家目付方へ忍平ノ介なる忍領の浪人について問い合わせをなされましたな。なんでも、三年四月前にあった押しこみの一味とかの……」

と嵐が言い、龍平は、二度、頷いた。察しはついていた。

「一昨日、目付方より、その忍平ノ介なる浪人がわが弟嵐十一郎《じゆういちろう》ではないかとの知らせを受け、いろいろうかがいましたところ弟十一郎と思われる点が多々あり、よって急ぎ出府いたした次第です」

「十一郎さんはお幾つですか」

「わたしより五歳下の当年、二十九歳に相なります」

亭主が茶を運んできた。

「背は五尺八寸（約一七四センチ）ほどあり、青白い顔の頤《おとがい》細く、痩身《そうしん》でありますゆえあって右手がいささか不自由であり、左利《き》きでございます。国元を出奔《しゅっぽん》し江戸へ出たのが二十一歳の折り。江戸での暮らしは、足かけ九年になりましようか」

嵐竹蔵が十一郎の五歳離れた兄なら三十四歳になるが、その年にしては老錆《ろうさ》びた物言いをした。

「忍平ノ介なる者がわが弟十一郎であったとすれば、ゆゆしき事態。なにとぞわが弟の犯した罪を、今一度、お聞かせ願えませんでしょうか」

龍平は迷ったが、やはり話さねばならぬな、と判断した。

詳細な事情は申せませんが、と前置きし、三年四月前の朱鷺屋の押しこみの一件と、火盗の土屋らを西ヶ原村で斬った疑いで、忍平ノ介という忍領の左利きの浪人を追っている経緯《いきさつ》を話した。

「忍平ノ介は江戸の北はずれの、王子村にひそんでいると思われ、手先の者が探っておるところです」

「なるほど。そうでしたか」

「十一郎さんが忍平ノ介なのかどうか、なんとも申せません。十一郎さんはどういう方なのですか。なぜ国元を出奔なさったのですか」

龍平は竹蔵を促した。竹蔵は深い溜息《ためいき》をついた。そして、

「わが嵐家は、微禄《びろく》ではございますが、三代に亘《わた》って阿部家の樋普請《といぶしん》役を務めて

おりました」

と膝に目を落とし、聞きとりにくい声を絞り出した。

二

嵐十一郎が十代半ばをすぎた文化の初めころには父親はすでに亡《な》く、兄竹蔵が若くして嵐家を継ぎ樋普請役に就いていた。

弟十一郎は身の丈五尺八寸の痩身ながら強靭《きようじん》な体軀を持ち、まだ月代《さかやき》も剃らぬ髷《まげ》が、頰から頤にかけて肉の締まった白皙《はくせき》と二重《ふたえ》の愁いを湛《たた》えた眼差しに似合い、それでいてどこかしら冷ややかな虚無に沈澱《ちんでん》した面差《おもざ》しを見せる若衆だった。

目鼻だちが整い、人目をさけ眼差しを落とす表情に寂しげな艶があると、忍の城下では、年ごろの娘のみならず、藩内の内儀《ないぎ》や奥方、若衆好みの士《さむらい》の間でもひそかな噂《うわさ》がたつほどだった。

十代の半ばには城下の神道無念流《しんとうむねんりゆう》の道場で剣技を極め、身分こそ樋普請役の部屋住みと低いものの、忍領屈指の遣い手、今に道場の師範代になるだろうと言われていたし、また明晰《めいせき》な頭脳の持ち主との評判も高かった。

しかし兄竹蔵は、家中で噂になるほどの弟の行く末が気がかりだった。

いずれ相応の家の婿《むこ》養子に迎えられその家を継ぐ、というのが部屋住みの十一郎が武家奉公において望み得る精いっぱいの道であった。

「申しあげましたとおり、弟は左利きでした。というより生まれつき右手が少々不自由で、幼いころは左手で箸《はし》を使い字を書いておりました。むろん不自由と申しましても人目にわかるほどではなく、生前の父が厳しく仕つけ、人並に右手で箸を持ち、字が書けるくらいにはなっておりました」

ただ、十一郎が十六の年、神道無念流の道場の申し試合で師範代を打ち負かし道場仲間を驚かせたことがあった。

その試合は、城下でも評判になり、道場の次期師範代は嵐十一郎が務めるのだろうと、人口《じんこう》に膾炙《かいしや》した。

その試合の折り、十一郎は左手を軸に使った剣捌《さば》きで師範代と相対した。

まだ成人しきらぬ十一郎は、おのれの得意とする左利きを生かして立ち合うべきだと、若さゆえに思ったたし、勝つか負けるか、強いか弱いか、剣は形ではなく中身だという自信があふれるほどにあった。

けれども道場主である師は、十一郎の左利きの剣をひどく嫌った。

おぬしの剣には品格がない。そのような剣技を恥ずかしげもなく人前でさらし得意がっているようでは、剣の道は極められぬ。慎め……

と、咎《とが》められさえした。

なぜだ、と十一郎は激しい憤《いきどお》りを覚えた。

「父が亡くなる前の病床に着いておるころでした。父には話せぬものですから、わたしに悔し涙を浮かべ、左腕をいっそ落としてくださいと申しましてな」

以後、十一郎は道場では左腕を封印し、みなと同じ右利きの剣に戻したが、不自由な右手では剣技の上達は覚束《おぼつか》なかった。

そしてそのことが、十一郎の自尊心をひどく傷つけた。

こんなはずではないのに、と思った。

十一郎は、道場へだんだん通わなくなった。

元々人付き合いを好まぬ気質だった。

それがいっそう高じ、以来、屋敷へ閉じこもってひたすらおのれを責め苛《さいな》んだ。

気位が高く過敏にすぎる——兄の気がかりはそこにあった。

一度や二度の失敗、挫折のたびに、過剰に反応していては、身分が低く貧しい者は世を渡っていくのは難しい。

身分が低く貧しい者は、多くの失敗や挫折に堪《た》えていかなければならない。ましてや、天賦《てんぷ》の剣の才を授かり、明晰な頭脳を持ち、人も見かえる相貌を持って生まれた定めが、弟をかえって苦しめることになりはしないかと、兄竹蔵は気がかりだった。

あの気質では師範代にはなれぬし、養子縁組の話もなかなかこぬだろう。気を楽にして生きよ、と兄が諭《さと》しても、弟にできる生き方ではなかった。

「あれは、身分が低く貧しい血筋にもかかわらず、多くのものを授かりすぎておりました。それが弟を孤独に追いこんだのです」

竹蔵はそうも言った。

十一郎が元服したのは、父が亡くなり喪《も》の明けた十七の年だった。

兄竹蔵は家督相続を許され、父親の樋普請役を襲職《しゅうしょく》した。

それから三年がたった十一郎が二十歳のとき、物頭《ものがしら》役広瀬《ひろせ》家の娘が十一郎に密かな恋慕を覚えたことが、その一件の始まりだった。

広瀬家は家中の上士の家柄であり、「広瀬さまのお嬢さま」は若い家士《かし》の間のみならず、忍の町家でも評判の美しい娘であった。

「広瀬さまのお嬢さまは、どちらのご家中へお輿《こし》入れなさるのか」

と、家士らの間では噂がつきず、賭け事の対象にすらなるほどだった。

十一郎にとっても「広瀬さまのお嬢さま」は高嶺《たかね》の花であり、ぼんやりと眺める、ただそれだけの娘のはずだった。

ところが思いもよらず、娘の十一郎へのせつない恋慕の噂が、同じ年ごろの娘同士でささやかれだし、それが周囲に広まって、家中の士らの間にもれ聞こえることとなった。

娘の兄の慎太郎《しんたろう》の耳に、その噂が入った。

慎太郎は十一郎より二つ三つ年上の、家柄を鼻にかける高慢な男だった。

高々、樋普請役のしかも部屋住みが、身分をわきまえず妹をたぶらかしたと一方的に決めつけ、上士の仲間二人の手を借り十一郎に制裁を加えた。

そのとき慎太郎は、十一郎が左利きとは知らず、ただ神道無念流の腕利きと噂に聞いていて、利き腕の右腕を痛めつけた。

身分をわきまえぬ下士の誇りを砕いてやれ、とそんな魂胆《こんたん》だった。

相手が上士ゆえ抵抗も許されないまま、十一郎は右腕の骨を砕かれる大怪我《けが》を負った。

「相手は広瀬さまだ。忍べ」

竹蔵は身体と心の両方に傷を負い煩悶《はんもん》する弟の心情は痛いほどわかったが、ともに悔し涙にくれながらそう諭した。

「弟と違い、わたしが授かったものはしがない樋普請役の身分だけです。弟のような気位も誇りもなく、汲々《きゅうきゅう》と身分に縋《すが》っておったのです。弟はさぞかし悔しかったでありましょう。情けない兄です」

右腕の傷が癒えるまでに数ヵ月がかかった。

だが、右腕は人目にもわかるほどに不自由になった。

慎太郎の制裁は、城下でも噂になった。

「気の毒に。嵐十一郎はもう剣は使えぬそうだ」

「いまどき、剣など使えても役にたたぬから、いいのではないか」

「だとしても泣き寝入りとは不甲斐《がい》ないのう。あれでも士《もののふ》か」

そんなやりとりが竹蔵にも聞こえてはいた。

後日、広瀬家からは見舞いの菓子折りが届けられた。

忍ぶ。ときがたてば屈辱など忘れる。

兄竹蔵にとっては、それが落着のはずだった。

一家は竹蔵のほかに、老母と弟十一郎の三人暮らしだった。

十一郎は屋敷の中でも口を利かなくなった。

終日、屋敷に閉じこもっていたかと思えば、何日も続けてどこかへ出かけ、夜《よ》更《ふ》けに帰ってきたりした。

むろん、遊興《ゆうきょう》の金などないし、十一郎に友と言える者もいなかった。

暗く沈んだ毎日が、屋敷を包んでいた。

竹蔵はお役目大事の毎日をすごしつつ、弟の素行が不安だった。

と言って、弟を問い質《ただ》す気概もなかった。

とにもかくにも、そうして一年がすぎたのだった。

その年の夏のある日、見沼《みぬま》代用水路の水辺で広瀬慎太郎が斬殺された。

ほかに慎太郎の仲間が二人いたが、ひとりは絶命、ひとりはかろうじて一命をとり留めた。

生き残った者の語ったところによれば、斬ったのは嵐十一郎。その先夜、十一郎が慎太郎を訪ね、果たし合いを申し入れたのだった。

「こちらはひとりだが加勢は幾ら連れてこられても差し支えござらん」

と、嘯《うそぶ》いたと言う。

慎太郎は右手の不自由な十一郎を見くびった。

面白い、また痛い目に遭わせてやるか、といつもの仲間二人を誘った。

果たし合いは二日後の夕刻だった。

見沼代用水路の水辺で、十一郎はひとりで待っていた。

十一郎は長刀を抜くと、左手一本でかざし、右手で鞘《さや》をつかんだ。

右手が使えぬためそんなかまえをしているのだな、と三人は思った。

「左手も、いらんだろう」

慎太郎は嘲笑《あざわら》って言った。

いたぶってやる、そんな気分が三人の中にはあった。

だが、斬り合いが始まった瞬時に、三人は一合《いちごう》も打ち合うことなく斬り捨てられていた。

生き残ったひとりは、悲鳴をあげる間《ま》もなかった。

気がついたら水辺に転がっていて、水辺の向こうへ慎太郎がよろよろと逃げるのが見えた、と後日の上役の調べで語った。

十一郎が慎太郎を追いかけ、背後から三太刀《たち》四太刀と浴びせ、倒れた慎太郎に繰りかえし止《とど》めを刺した。血飛沫《ちしぶき》が見えた。

「慎太郎はもう身動きひとつしなくなっていたのに、何度も何度も……」

十一郎の異様な怒りと憎悪の凄《すさ》まじさに恐怖し、気を失ったとも。

葦簀を背にした竹蔵の痩せた頰に差した陰翳《いんえい》が、年よりも老けて見えさせた。

公事待ちのひと組の客が下番に呼ばれて、表門へ入っていった。

「その日、十一郎は忍の城下を出奔いたしました。むろん、わたしや母には文も残さず、何も申さずにです。ですが、内心、よくやったと思いました」

龍平は小さくうなった。

土屋半助が西ヶ原村で斬られた幾太刀もの傷痕が、浮かんだ。

異様な怒り、憎悪の凄まじさが伝わった。

「風の噂で、江戸の塵界《じんかい》に姿をくらましたと聞きました。やがて、芝、深川、浅草、上野、そういう耳慣れぬ江戸の盛り場で、無頼《ぶらい》の日々を送っているとの噂も入ってきました」

竹蔵は淡々と続けた。

「討手《うって》がお家より差し向けられました。数ヵ月がたって、討手は弟の行方がつかめず空《むな》しく戻ってまいりました。その後、嵐家は殿さまより咎めをうけましてな」

「咎めを？」

龍平は訊きかえした。

「さようです。樋普請役を解かれ、三十石どりの身分が、十俵扶持《ぶち》の足軽奉公のお沙汰《さた》を受けました。成田《なりた》町の組屋敷もとり上げられ、行田町《ぎようだ》という町地の一角に足軽が住む貧しい店《たな》があり、そこに移ったのです」

竹蔵は寂しそうに笑った。

「そんな惨《みじ》めな目に遭っても、老いた母を養っていかねばなりません。わたしも母も生きていく限り、弟はいなかったものと諦《あきら》めるほかなかった。先年、母を見送り、やっと重荷をひとつおろせましたが」

龍平には、言うべき言葉がなかった。

「しかし不思議なものです。身分を守るのに汲々としていた挙句《あげく》、身分を失いいっそう貧しくなったのに、弟が出奔した後、どういうわけかさっぱりした気分でした。それでよかった。それこそが士というものだと、思えたのです」

龍平は、ふと、考えた。

竹蔵はなぜ、わたくし事でしかない弟十一郎の素性を龍平に伝えに、わざわざ江戸まで、それも急ぎ旅で出てきたのだろう。

いなかったものと諦め、長い年月がたっても、兄の弟への情愛がそうさせたのだろうか。弟かもしれぬという思いに、衝《つ》き動かされたのか。

「嵐さんは、忍平ノ介が十一郎さんだったとしたら、どうなさるおつもりですか。上役があなたに何か命じたのですか。十一郎さんが見つかったら……」

「いえ。上役からは何も命じられてはおりません。あくまでわたくし事です。二十一の夏に出奔してから足かけ九年。弟の消息が知れるかと思うと、居ても立ってもいられなかったのです」

竹蔵は束の間、沈黙した。

「日暮さんは、忍平ノ介、いやわが弟十一郎をご存じなのですか」

「一度も、会ってはおりません」

「ならば是非、わたくしをお役だてください。あなたの手先に、わたしを加えてください。弟は恐ろしい剣の遣い手です。町方に大人しく捕縛されるとは思えません。怪我人や死人が出るでしょう。わたしが弟を説得します」

竹蔵は眉間《みけん》に皺を寄せ、強い決意を漲《みなぎ》らせた。

「どうか、わたくしをその王子へ、同道させていただきたい。お願いいたします。決して、決してご迷惑はおかけいたしません。わたくしは、弟にこれ以上罪を犯させたくないのです。お家の面目のためにも、弟自身のためにも。おのれの罪を償って、どうか最期を、武士らしく、武士らしく飾って……」

竹蔵はそこまで言ってうな垂れ、肩を震わせ始めた。

竹蔵の咽《むせ》び泣きが、茶屋の中に流れた。

店先の床几にかけた客が、何事かと、竹蔵の方へふり向いた。

龍平は、竹蔵が十一郎に腹をきらそうとしているのだと気づいた。

町方の縄目を受ける恥辱よりも、武士らしい最期の始末をおのれ自身でつけさせるために、急ぎ出府してきたのだと知った。

三

飛鳥山の麓《ふもと》、六石坂の道に沿って料理屋が軒をつらねていた。

六石坂を飛鳥山下と王子権現の境を流れる音無渓谷へくだり、音無川（石神井川）を越えて王子権現北側の道筋へたどると、権現の参詣客や遊山《ゆさん》客を相手に五十軒以上もの水茶屋や楊弓《ようきゆう》場の並ぶ繁華な色町があった。

その王子権現裏の水茶屋や料理屋に軒を並べて、《滝乃家《たきのや》》という小綺麗な蕎《そ》麦《ば》屋が屋号を染めた半暖簾《のれん》を、表口にさげていた。

亭主は王子権現界隈では一番の腕を持つ蕎麦職人と、評判の初老の男だった。十五歳の弟子の小僧をひとり使って蕎麦の手打ちから、蒸し、汁作りと調理場を賄《まかな》い、客が暖簾をくぐって三和土《たたき》よりすぐにあがる座敷では、亭主の女房と年《とし》増《ま》の仲居、といってもまだ三十前の女が接客に当たっていた。

はいよ盛り三枚、あがりぃ、お次は掛け、ふたつぅ……

てんぷら二丁、あられ二丁、追加ですぅ……

昼のかき入れどき、調理場では亭主と小僧のやりとりが交わされ、入れ代わり立ち代わり客が埋まる座敷では、

おいでなさいまし、お勘定です、またのお越しを……

こっちは掛け、おれは盛りだ、それと酒を冷で……

と、柿色の揃いの襷《たすき》と前垂れの女房と仲居と客の声も賑《にぎ》やかに、女らは客の間を忙しくたち廻っていた。

開け放った縁側の板敷にも客が入り、手摺《てすり》の下の音無川からわかれた清流の涼しげな眺めを楽しんでいる。

清流を越えた王子権現裏手の、杉の樹林に社殿の銅屋根がのぞくあたりから、心地よい微風が絶えず滝乃家の座敷へ吹き寄せていた。

王子権現の微風は店の路地にも流れて、調理場で蒸した蕎麦をざあざあと洗っていた亭主は、明かりとりから吹きこんだ路地の風に、ふっと首筋を撫でられ、路地へ目を配った。

路地には井戸があって、紅花色の帷子《かたびら》の童女が井戸端で遊んでいる。生まれてまだ四歳の童女はひとりで、がっそうの黒髪をなびかせたそよ風を見送るように、丸いつぶらな目を空に遊ばせた。

亭主は女の子に見惚《みほ》れて、つい蕎麦を洗う手がおろそかになった。

童女は風と何か言葉を交わし、亭主が見つめているのも気づかず、明かりとりの前をすぎ、表の方へぱたぱたと走ってゆく。

九尺（約二七〇センチ）幅の路地を隔てて隣家の茶屋の板壁が長々とたっており、昼間から管弦のかすかな音色が路地にも聞こえていた。

とき折り、茶屋で働く下女や、脂粉《しふん》の匂いをふりまいて厚化粧の女が通ることのある路地である。

路地には木戸がたっていた。童女は母親に、

「母さんがいないときは、木戸から外へ出てはいけないよ」

と言いつけられていて、木戸の手前で両手をかざし、「ここまでよ」と風にさよならを言った。

それから薄桃色の白い顔に晴ればれとした笑みを浮かべ、赤い鼻緒の草履《ぞうり》を跳ねさせつつ、また井戸端へ戻ってくるのだった。

童女には、塀際に生えた野の草花も、井戸端の小石も、吹きすぎる風も、まれにどこかからのそのそとやってくる野良猫も、みな遊び相手だったから、ひとりでも寂しくなかった。

亭主は童女の愛らしさに、少し胸が締めつけられた。

仕事しごと――とおのれに言い聞かせ、蒸した蕎麦を十分に洗った。

それを大笊《ざる》に掬《すく》って水をきった。

「盛り三枚と、てんぷら入りやしたぁ」

小僧が声をかけ、

「盛り三枚とてんぷらぁ……」

亭主は小僧へかえし、台に並べた盆の笊へ蕎麦を手際よく盛っていく。

二つ並んだ竈《かまど》の火を確かめ、それからにじむ汗を手拭でぬぐった。

揚げ物の支度をしながら、明かりとりからまた井戸端を見ると、ついさっきまでいた童女の姿が見えなかった。

おや？　と思って何気なく眼差しを戻したとき、童女のつぶらな目と目が合った。

いつの間にか童女は、調理場の板敷のあがり端《はな》にかけ、土間に届かぬ足をぶらぶらさせ、亭主の方をあどけない顔で見つめていた。

「お篠《しの》、お腹《なか》がすいたかい。もうすぐお昼だからね。待ってなよ」

篠がこくりと亭主に頷いた。

いつまでも見ていたいが、そうもいかない。

亭主は葛粉《くずこ》をまぶした鯛《たい》のきり身を、透明の胡麻《ごま》油の鍋にすっと滑らせた。

胡麻の香ばしい匂いと、ちりちりと油のはじける音が調理場に広がった。

その昼のかき入れどきがそろそろすぎるころ――

肩幅のある背の高い五十前後と思しき男と瘦せた年若い男が、客が少なくなった座敷へあがった。

二人は親子らしく、年配の男は仕たてのいい鼠がえしの単衣、若い男は斜め格子の夏縮《ちぢみ》にさっぱりと拵えていた。

江戸の裕福な商家の親子が、参詣に王子まできたかのような風情《ふぜい》だった。

女が茶を運んできて、愛想よく言った。

「おいでなさいまし。お決まりになりましたら、お声をかけてください」

二人は品書きを見ずに、女に見入った。

それから父親はにこやかになり、倅は気恥ずかしげに視線をそらせた。

女は年増だったが艶があり、縹色《はなだいろ》の綿の単衣に紺地の後ろ帯、柿色の襷や前垂れの鮮やかさにも白く肌理《きめ》の細やかな素肌は劣らず、女の周りが匂いたつようだった。

父親の方が、穏やかな口調で言った。

「姐《ねえ》さん、暑いね。権現さまの境内は蟬《せみ》しぐれだった」

「本当に、お暑うございます。今年は、季節がずれて夏の初めから盛りのようだと、みなさん仰《おつしや》っています」

女は、ふっくらとした赤い唇をゆるめ、白い歯並をわずかにのぞかせた。

「こう暑くっちゃあ、さっぱりした物がいい。盛りを二枚頼むよ」

「はい。盛りをお二つ、ありがとうございます」

すっと立った女の仕種《しぐさ》が滑《なめ》らかだった。

後ろ姿に見える白く長いうなじにおくれ毛が淡い。

「親分、あの女だね」

寛一は御用を務めるときは、父親の宮三を親分と呼んだ。

「高輪のお末が言ったとおりだった。長左衛門が手放したがらなかったのも無理はねえ。なるほど、たいした玉だ」

宮三は、女の後ろ姿を目で追いつつ応えた。

「長吾だって言い寄ったんだろう。わかるなあ」

と、寛一が声をひそめたのを宮三はくすりと笑い、

「わかるのかい、寛一にも」

と十八歳の倅に向いた。

寛一は、父親の宮三が二人のときは自分をまだ子供扱いするのが、少し不満である。岡場所にだってもういったことがあるんだぜ、と言いたい気もするが、そこまでは照れ臭くて話せない。

「わかるさ。子供じゃねえんだからさ」

寛一は、ぶすっと言いかえした。

宮三は笑顔を、調理場と思われる暖簾で仕きった廊下の先へ戻した。

間違いない、林という女だ――宮三は確信していた。

高輪の末の話を聞いてから、宮三は龍平の指図を元に、三年四月前の押しこみの一件の後、赤城明神下の妾宅《しょうたく》を追われた林という女の行方を探っていた。

配下の手下らを自ら率いて、王子権現近辺の六石坂から音無川の両岸、そして王子権現裏界隈《かいわい》の蕎麦屋を始め、料理屋や茶屋の訊きこみにあたった。

さらに駒込村、西ヶ原村、王子村から十条《じゅうじょう》村と訊きこみの場所を広げ、こぼれが出ないように念を入れた。

どんな仕事をしているかわからず、子供がいることは十分考えられた。

忍平ノ介と所帯を結んでいるかもしれない。

女郎務めをしているかもしれない。

いずれにせよ手下らには、

「町方の御用だと、絶対気づかれちゃあならねえ」

と、隠密《おんみつ》の訊きこみを命じてあった。

忍平ノ介が林と所帯を結んで王子近辺にひそんでいるとすれば、町方が林の行方を探していると知って、王子を引き払うことも考えられた。

火盗の土屋半助と吉三郎を斬殺し、それでなくとも用心しているはずだ。もしかしてすでに姿をくらましているかもしれない。そんな危惧《きぐ》もあった。けれども、丸二日がすぎて三日目の昨日、手下のひとりが林らしき女をとうとう捜し当てた。

「大っぴらに訊けねえんで、少々日数がかかりやした」

手下は言った。

「お林という女は、水茶屋でも料理屋でもなく、王子権現裏の滝乃家という小さな蕎麦屋の仲居に雇われておりやした。今年四歳の娘がひとり、飛鳥山の近辺の裏店《うらだな》で、亭主との三人暮らしを営んでおりやす」

林は三年ほど前から滝乃家で働き始めた。

器量がいいので評判にはなったが、女が色香を売る働き場ではなかった。

「気難しい職人気質《かたぎ》の年配のおやじと女房が営む、色気も華やかさもねえ、たださっぱりとした蕎麦を食わせるので遊山客に受けのいい蕎麦屋なんですがね。まさかそんなところで、仲居といっても飯炊きなんぞもする端女《はしため》みてえな仕事をしているとは気づきませんでした」

手下らのみならず宮三自身も、脂粉と酒の香りにまみれて客の相手をする歓楽の女を脳裡に描いていた。

「亭主は、どんな男だ」

「忍平ノ介かどうかわかりませんが、背の高く痩せた、ちょっと男っぷりのいい浪人者だそうでやす。飛鳥山下の裏店で、お林は滝乃家で働きながらひとり暮らしをしていた。そこへいつの間にやら男の方が転がりこんできて、二人むつまじく所帯を営み始めたそうで……」

そのうちに林の腹がふくらんで、子供が産まれた。

林は、産後の養生もそこそこに滝乃家へまた働きに出た。

「お林は産まれたばかりの赤ん坊を抱いて滝乃家へ通い、赤ん坊の世話をしながら働いておりました。たまたま滝乃家の夫婦には子も孫もいなかったもので、お林を娘のように、産まれた赤ん坊を孫のように可愛がったから、夫婦の心遣いでこれまでどうにかやってこられたようです」

それから二年と八ヵ月がすぎ、産まれた子供は四歳になった。

「亭主はどうしている」

「お林はそうでもありませんが、亭主はほとんど近所付き合いもせず、家に閉じこもって虫籠《むしかご》作りの内職に明け暮れております」

「虫籠作り？　お林は蕎麦屋で雇われ、亭主は虫籠作りの内職か。ずいぶんつましい暮らしだな」

「へい。亭主は虫籠が数できるとそれを両天秤《てんびん》に提げ、飛鳥山を越えて西ヶ原村の注文主の店へ届ける姿を、とき折り、裏店の住人が見かけております。今も親子三人、まさに爪《つめ》に火を灯《とも》すように暮らしているそうで」

どういうことだ。忍平ノ介は三年四月前、赤城明神下の朱鷺屋長左衛門の妾宅へ伝七とともに押し入り、長左衛門を殺し、相当の金を盗んだ。

三年後に伝七と山分けにする手はずだった、その金があるんじゃねえのか、と宮三は訝《いぶか》しんだ。

「亭主の名は」

「忍平ノ介に間違いねえと思いましたので、用心のために亭主の名は訊いておりません」

調理場から林が盛りを二枚運んできた。

と、林の後ろに小さな童女がにこにこしながらついてくるのが見えた。

母親の後ろについてゆくことが、楽しくて嬉《うれ》しいという風情だった。

「お待たせいたしました。どうぞごゆっくり」

林が跪いて宮三と寛一の前に盛りの盆を置いていくと、女の子は母親を真似て脇にちょこんと座り、

「ごゆっくり、うふふ」

と、畳に手をついてたどたどしく言った。

宮三も寛一も、思わず頬がゆるんだ。

「おや、おっ母《か》さんのお手伝いかい」

愛くるしい顔をのぞきこんだ宮三に、女の子は「うん」と首をふった。

「そうかい。お利口さんな嬢ちゃんだね。名前はなんて言うんだい」

「おしの」

「お篠か。歳は幾つだい」

篠は花びらのような指をかざして、花びらのように笑った。

「ひい、ふう、みい、四つか。えらいな。よく知ってるな」

宮三は篠のがっそうの頭を優しく撫でた。

「姐さんの子供さんですかい」

「はい。やっと少し手がかからなくなり、楽になってきました」

「このぐらいの子は親がすべてだ。形《なり》ふりかまわず子を育てなきゃあならねえ、それが親の務めだ。器量よしの娘さんになりやしょう。先が楽しみだ」

林は慈愛にあふれた目で童女を見つめた。

「ご亭主は、どういう方で」

宮三はさり気なく探りを入れた。

「ああ、うちの人ですか」

林はふわりとした笑みを浮かべ、

「わたしにも、よくわからない人なんです。どういう人なのか、何を考えて暮らしている人なのか」

と、自分でも不思議そうに言った。

「ということは、もしかしたらご浪人さんで」

宮三はさらりと訊いた。

「はい。毎日家で、虫籠作りの内職に励んでおります」

「お侍さんの生き辛い世の中だ。よく夫婦《めおと》になる決心を、なさいましたね」

「なりゆきです。きっと、縁があったのでしょう」

林は笑顔のままだった。

宮三は、林のさっぱりとした屈託のない物言いに、小さな驚きを覚えた。どこか執着から離れて、さらさらした気だてが伝わってくる。今以上のものを諦め、今の暮らしに充足している、そんな風情さえうかがえた。ということは、今より何倍も辛い生き方をしてきたってことか。

「男と女の仲には、さまざまな縁があります」

宮三は言い、袖から白い小さな紙包みを出した。

「この可愛らしい嬢ちゃんに、菓子でも買ってやりなせえ」

いえ、そんな……と林は遠慮した。

「ほんのわずかな心づけです。気にしなさんな。お篠、おっ母さんを手伝って、ちゃんといい子にしてるんだぞ」

宮三はまた、篠のやわらかながっそうの頭を撫でた。

篠はまたこくりと頷き、母親にそっくりな美しい笑みを浮かべた。

四

王子権現の参詣客や飛鳥山と音無渓谷一帯の風景を愛《め》でる遊山客相手の滝乃家

は、夕暮れの迫るころには店仕舞いになる。

職人気質の亭主は、その日の朝に打った蕎麦を売りきると、

「暖簾を仕舞ってくれ」

と、さっさと調理場の片づけにかかる。

朝、丹精こめた蕎麦打ちと同じ心持ちで一日二度は打てない。儲《もう》かりゃいいと蕎麦を打つのが職人の気風《きっぷ》にそぐわなかったし、滝乃家の蕎麦が目あてにわざわざ王子まで足を運んでくれるお客に、いい加減な物は出せねえという職人の一徹さが亭主にはあった。

儲かるか儲からねえか、それはお天道《てんとう》さまが決めることだ。

おのれの打った蕎麦をお客が喜んでくれるなら、亭主はそれで満足だった。

「旦那《だんな》さん、今日はこれで」

幼い篠を負《お》ぶった林が、弟子の小僧と調理場の片づけをしている亭主に声をかけた。

「お疲れさん。お篠、眠くなったかい。また明日な」

亭主は、少し疲れて母親の背中で眠くなった篠の丸い頰を指先で突いた。

ご免なさい――と小僧にも会釈を送って調理場の勝手口から路地へ出て、ひた

ひたと草履の音を鳴らした。

「お林、お待ちよ」

すぐに女将《おかみ》が勝手口から、ぱたぱたと追いかけてきて、

「これこれ。渡すのを忘れるとこだった。もらい物だけどね、干し鱈《だら》。これを持っておいき。晩ご飯のおかずになるだろう」

と、竹皮の包みを林に手渡した。

「女将さん、いつもいつも、すみません。助かります」

林ははにかみ、腰を折った。

「いいんだよ。ご亭主に食べさせておあげ」

女将は、林の背中にぺたりと顔を眠そうに付けている篠の髪を撫でた。

「ご亭主は虫籠作りに、励んでいるかい」

「はい。近ごろは要領を覚えて、作るのが上手になったと問屋さんに褒められたそうです」

「それならよかった。お侍さんの奉公口が難しい昨今だから、仕方ないね。うちのもいろいろ気にはかけているんだけど」

「町家でも奉公口の難しいああいう身体ですし、簡単にいかないのは……」

林は夫の右手が不自由で、左利きであることを言っている。

「でも少しだって暮らしの助けになるように、内職に励んでくれるだけでもいいところがあるじゃないか」

「それもこれもみな、旦那さんと女将さんのお陰です」

林は勝手口に出てこちらの方を見ている亭主にも、また頭をさげた。

「たまには気晴らしに、蕎麦でも食べにおいでって言っといて」

林は明るく会釈をかえしながら、女将に背を向けた。

路地の木戸を抜け、夕暮れの空が赤く染める王子権現裏の道を、林はいつもの家路についた。

一日の務めを終えた心地よい疲れと背中の篠の暖かな重みが、ひっそりとした充足のひとときをもたらしていた。

林の胸の中に幼い娘への愛おしさが満ちていた。

篠は、林の命そのものと言ってよかった。

けどうちの人は……と林は、ふと、戸惑いながらも夫のことを考えた。

所帯を持って三年になろうとし、子供までできた夫婦なのに、林はまだ夫のことがよくわからなかった。

初めて赤城明神下の妾宅に平ノ介が現れたとき、何かを思いつめ、じっと堪えた横顔が、林の憐れみに火を灯した。

この人は何を堪えているのだろう、と考えたことが林の忍平ノ介という名でしか今も知らない夫への、恋慕の始まりだった。

林は身売りをしてから嫌になるほど味わった孤独を、寂寥《せきりよう》を、生きる苦しさを、この人となら分かち合えそうな気がしたのだった。

しかし林はこの月日の間に、この人は心の隅の諦めきれない何かを、きっとどこかに置いてきたのだ、と思い知るようになった。

侍の魂、侍の誇り、侍の意地……諦めきれない何かがそんなものなら、なんて不器用な人なの、と林は呆《あき》れてそれからおかしくなる。

そんなものよりもっと大事な、篠という尊い命をわたしたちは授かったのにと、林は思って涙がこぼれることもあった。

川向こうの王子権現の杜《もり》と社殿の甍《いらか》にも、一日の残り日が燃えていた。

水茶屋や料理屋の軒提灯《のきぢようちん》が、もうちらほらと灯っている。

夏の夕涼みに、わざわざ王子まで足を延ばし、水茶屋で一杯という趣向の客が川端の道をゆきすぎる。

林は今日の昼、親子連れらしき年配の男が言った言葉を思い出した。

男と女の仲には、さまざまな縁があります。

男のどこかしら慈しみのこもった言葉が、林の不安を少しやわらげた。

縁があって結ばれた仲なのだから、そばにいてくれさえすればよかった。

夫と篠と自分の、ささやかな所帯が営めれば、それでよかった。

林の願いはわずかだった。けど、うちの人はいつか……

王子村の暮れなずむ田んぼや木々の鬱蒼《うっそう》と繁る影が北方《きたかた》に広がり、音無川に沿ってひと筋の道がわかれて、田んぼの彼方《かなた》へくねっている。

林はその田んぼ道とわかれて、音無川の分流に架かった飛鳥橋を渡り、橋詰めから料理屋の灯が灯る六石坂の道をはずれ、飛鳥山の北側へ廻る藪《やぶ》道をたどった。

寂しい藪道は長くは続かず、すぐに川沿いに五軒長屋の粗末な裏店が山影の薄暗がりの中に佇《たたず》んでいる崖下の小道に出た。

長屋の裏手の川向こうは田植を待つ水田しかなく、蛙《かえる》の鳴き声が姦《かしま》しい。

どの家の表戸も、腰高障子《こしだかしょうじ》をすかして風通しをよくしている。

晩ご飯の支度にかかっているいい匂いが、崖下の小道に流れていた。

「こんなところでも、よけりゃあ」

と、滝乃家の亭主が、三年と少し前に頼っていったとき、うちで働くなら店賃も気にせず住んでくれていいよと世話になった裏店だった。

数ヵ月がたって約束していたとおりぶらりと裏店に現れた夫を、滝乃家の旦那さんと女将さんにせめてひと言挨拶《あいさつ》に、と連れていった。

「お林はお侍さんの子を宿している。気遣ってやりなせえ」

滝乃家の亭主夫婦は、うらぶれた浪人風体《ふうてい》の、ただ黙ってうな垂れているばかりの夫に唖然《あぜん》としつつも、わけを訊ねもせずそう言った。

話せないわけありなら訊ねはしないと、亭主夫婦の心遣いがありがたかった。

それからこの月日、陋屋《ろうおく》でも林にとってここは、親子三人の住み慣れたわが家に違いなかった。

「ただいま」

どぶ板を踏んで腰高障子を開けると、狭い土間に竈と水瓶《みずがめ》があって、土間続きの四畳半ひと間の薄暗い部屋に、夫の姿はなかった。

朝、支度をすませて出かける前にはあった虫籠がさっぱりとなくなっているので、西ヶ原村の問屋さんへ届けにいったのだろう。

日はもう暮れたのに、明かりとりの窓越しに見える王子村の空に、赤い雲が浮かんでいるのが見えた。

風はなく、窓の軒の風鈴が、寂しげにさがっていた。

林は、背中ですっかり眠ってしまった篠を畳へそうっとおろし、蚊《か》いぶしを炷《た》いて薄い煙をくゆらせた。

それから、篠のあどけない寝顔を飽かずに眺めた。

田んぼから聞こえる蛙の鳴き声が、絶え間ない。

林はだるく息をついて、晩ご飯の支度にかかった。

飯櫃《めしびつ》に朝炊いたご飯が残っている。

女将さんにもらった干し鱈を炙《あぶ》って、味噌汁を拵え、漬物を刻み、お酒はまだ残っていたかしら……と夫の楽しみにしているわずかな晩酌を気遣った。

晩ご飯の支度ができるのに、半刻（約一時間）がかかった。

すっかり暮れて、ぼんやりした白いおぼろ月が夜空にかかった。

暗くなっても夫は戻ってこなかった。不安がよぎった。

そのうちに篠が目を覚まし、行灯《あんどん》のほの明かりの下で、二人だけの晩ご飯をいただいた。

林と篠の並んだ向かいに、まだ帰らない夫の膳《ぜん》が置いてある。

ようやく箸が使えるようになった篠は、小さな白い菓子のような指で箸をつかみ懸命に使っていた。

「母さん、お魚、美味《おい》しいね」

「よかったね。滝乃家の女将さんにいただいたのよ」

「母さん、お味噌汁、美味しいね」

篠を見ているとと自然と笑みがわき、不安がまぎれた。

「父さんは、まだ帰ってこないの」

「きっとお仕事のお話をしているのよ。もうすぐ帰ってくるでしょう」

けれども寂しい晩ご飯がすんで、椀や皿を洗い、井戸で水を汲《く》み、篠の紙風船の遊び相手になりつつ、繕《つくろ》い物をしている間も夫は帰ってこなかった。

夜が更けて篠が眠くなり、蚊帳《かや》を吊って篠を寝かせた。

林は篠に添寝をし団扇《うちわ》でゆるい風を送って、篠が眠るまで、いつもの林の子供のころの話をした。

むかしむかし、古い大きな家に父さんと母さんと、おじいちゃんとおばあちゃんと、妹と弟と、母さんは暮らしていました……

それはいつもの同じ話で、篠はそれを聞きながら安心して眠るのだった。

篠が眠ると、林は起きて繕い物の続きにかかった。

暗くなってから、とき折り、軒の風鈴がかそけく鳴った。

飛鳥山の方から、人の騒ぐ声がかすかに聞こえてきた。

まれに、六石坂の水茶屋の方で騒ぐ酔っ払いの声が聞こえることがある。

それでも、不安がだんだんと重たくなっていた。

外の道に夫の足音が聞こえやせぬかと、耳を澄ましていた。

繕い物の手を動かしながら、あの人は自分と同じに、この暮らしに満たされているのだろうか、と林は考えた。

何日か前の雨の夜、夫がずぶ濡れになって帰ってきたことがあった。

夜道で転んだと、夫は言った。

泥にまみれた着物に血がついていたが、林は気づかぬふりをした。

翌日、西ヶ原村で人の斬られた噂を滝乃家のお客がしていた。

林は、何も訊かず、知らぬふりをした。

三年四月前の、赤城明神下のあの家であの夜に起こったことも、林は何も気づかぬふりをしてきた。

林はずっとそうしてきたし、これからもそうして生きていくのだ。
ああ神さま、これ以上わたしたちをいじめないで……
林はなおも手を動かしながら祈った。
そのとき、外の小道に人の足音がした。
胸がどきどきと鳴った。
繕い物を置いて表へ出た。
飛鳥山の崖下の小道に、おぼろ月の薄く青白い光が降っていた。
林は暗い夜道の足音のする方に目を凝らした。
人影が見えた。
夫の影ではなかった。
どんなに暗くても、背の高いあの人の影ならすぐわかる。
影は二つ見えた。
やがて二人の男が、月の光の下に立った。
鋭い目が、佇む林にじっとそそがれた。
昼間、滝乃家の客になった親子連れらしい年配の男と若い男の二人だった。
「あ、あなたは……」

「姐さん、お林さんですね」

年配の男が、低い声を夜道に這《は》わせた。

五

飛鳥山の樹林の間に、おぼろ月の光が差していた。

「平ノ介は、いきも帰りも、この道を通るそうです」

宮三が龍平に、静かに言った。

「親分、林と子供には見せたくない。ここで始末をつける。いいな」

龍平がかえし、宮三は力強く首をふった。

「承知しました」

そこは、飛鳥山の山頂にある遊山客を相手にする腰かけ茶屋の小屋だった。

茶屋のじいさんとばあさんはもうおらず、龍平と宮三、それに隣の床几に嵐竹蔵が石像のように身動きひとつせず、かけていた。

小高い山頂の、春には花見客で賑わう桜の木々の間を山道がのぼり、小屋の前をすぎ、山をくだって音無川の分流沿いの五軒長屋へ出る小道と交わる。

忍平ノ介は何日かおきに虫籠を担いで、この道をたどって西ヶ原村へいき、そしてこの道を戻ってくる。

おぼろ月が、山頂の小広い草地やくねる道を灰色に染めていた。

「嵐さん、月明かりしかないが、顔は見分けられますか」

龍平は竹蔵へふり向いた。

「十分、です」

竹蔵はわずかに嗄《かす》れた声をつまらせ、道の先を睨《にら》んでいた。


その日の午後、龍平と嵐竹蔵、宮三と寛一の四人は、六石坂の出茶屋で落ち合った。

宮三と寛一から、王子権現裏の滝乃家で働く林の様子を聞き、飛鳥山の崖下の裏店には平ノ介がひとりと睨んで、林と子供が戻る前に裏店へ向かった。

だが忍平ノ介は出かけていた。

住人の話で、西ヶ原村へ虫籠を届けにいったとわかり、山頂のこの茶屋で待ち受けることにしたのだった。

「いい女でした。寂しい陰があって、けどどっか吹っきれたようなさらさらした笑顔を見せましてね。男の胸を騒がせずにおかない、それでいて女の周りで勝手に何かが起こりそうな、あの女の器量が女本人を不運に見舞うような、上手《うま》く言えませんが」

宮三は林のことをそう話した。

「いい年をしてちょっと胸が震えました」

宮三がそんなふうに言うのは珍しいことだった。

龍平は気が重かった。

またひとつ、女は辛い記憶を刻むのか。

日がとっぷりと暮れ、おぼろ月が夜空にかかっていた。

遊山の客足も途絶え、山下の王子村の方から聞こえる蛙の鳴き声が夜の静寂を破っていた。

かすかな足音を忍ばせ、小走りに駆けてくる人の気配がした。

寛一が小屋へ駆けこんで、荒い息をついた。

「旦那、親分、き、きました。背の高い痩せた侍です。忍平ノ介に間違いねえと思います」

龍平と宮三が立つと、竹蔵がおもむろに腰をあげた。

刀を腰に、深く差した。

龍平は黒綿の単衣を裾端折《すそはしょ》りに、脚半《きゃはん》をまいて草鞋《わらじ》を履《は》いていた。身軽にするためと、王子村は朱引《しゅびき》の外であり江戸町方の支配地ではないためでもあった。

宮三には十手《じって》を使うようにと、預けた。

「嵐さん、忍平ノ介が十一郎さんではなかったら、すぐこの場を去ってください。よろしいですね」

龍平は、薄い月明かりにも強張《こわば》らせた顔がわかる竹蔵に言った。

「心得ました」

竹蔵が唇を嚙《か》んだ。

「三人ともわたしの後ろに従うように。平ノ介とはわたしが話す。万が一斬り合いになっても手を出すな。嵐さん、平ノ介が十一郎さんだった場合、十一郎さんを説いてほしいときはわたしが声をかけます。それまでは、口も手も出さずにいてください。必ず、そのように」

「どうぞ。日暮さまの指図に従います」

うむ、と龍平は博多帯に差した二刀を確かめた。

そのとき、道の先にぼおっと提灯の明かりが差した。

明かりは小さくゆれながら、山道をのぼってくる。

青く薄暗く沈んだ樹林の間に、提灯の明かりはそこだけに命の灯が灯っているかのごとく、赤々とした輪を描いていた。

次第に男の姿がおぼろ月の下に浮かんできた。

男は月代が伸び、こけた頬に深い陰翳が刻まれていた。

背が高く痩せていて、提灯を持たない手が山道の草むらに届きそうなほど長く見えた。左の腰に二刀を差している。

左利きのはずだ。抜くときにはどうするのだろう。

龍平は訝《いぶか》しみつつ、小屋から道へ出た。

足音から足の運びの滑らかさと速《すみ》やかさが感じられた。

山道をまっすぐ近づいてくる提灯の明かりが、段々に大きくなる。

侍の目鼻だちが、次第に明らかになってくる。

侍は足を止めなかった。

「嵐さん、いかがですか」

龍平は後ろの竹蔵に、声を忍ばせた。

「じゅう、いちろう……」

竹蔵が嗄れた声を絞った。

と、提灯の灯が止まった。

宮三と寛一が龍平の後ろで、草むらを騒がせ左右に散った。

侍は提灯を高くかかげた。

前方に立ちはだかった龍平らの様子を訝しんだ。

それから提灯の灯を吹き消し、すっと黒い影の佇まいになった。

「忍平ノ介と見た。北町奉行所同心日暮龍平だ」

龍平は昂ぶらずに言った。

それでも、山頂の暗がりに声が染み渡った。

なぜかそのとき、すぐ近くの木だちで一匹の蟬が、じじじじ……と何かを告げるかのように鳴き始め、鳴き止んだ。

「この朔日《さくじつ》、西ヶ原村において、火付盗賊改同心土屋半助ならびに吉三郎を斬殺、また、三年四月前、牛込赤城明神下、質屋の朱鷺屋長左衛門の妾宅に元朱鷺屋手代伝七と押し入り、長左衛門を殺害。朱鷺屋の金を奪った廉《かど》により召し捕りにきた。神妙《しんびょう》にわが縛《ばく》につけ」

　平ノ介はこたえなかった。

　すっと佇んだ黒い影は、おぼろ月を浴びて次第に青味に染まっていった。

　やがて右手で長刀を鞘ごと抜き、ゆっくりと右肩へ担いだ。

　柄《つか》を前に出し、左手で抜ける形になった。

「あんたの殺《あや》めた土屋半助と吉三郎は、火盗の御用を務めながら朱鷺屋長左衛門と結託し、ご法度《はっと》の脇質に手を染め私腹を肥やしていた一味だったこと、あんたと伝七は一味のその金を狙ったことはわかっている。伝七は人足寄場《にんそくよせば》に身を隠し、三年後、この王子村で盗んだ金を山分けする手はずだったな」

　平ノ介の青い影は、じっと固まっていた。

　そのままおぼろ月の光と木の陰に溶けてしまいそうに見えた。

「だが、あんたは金だけではなく長左衛門殺しも狙いだった。ひそかに馴染《なじ》みになった妾《めかけ》の林をわが女房にするため殺さずともよい長左衛門を殺し、盗んだ金を懐《ふところ》に、林と手に手をとって王子村へ駆け落ちした」

　と、龍平はなおも言った。

「この三年の年月、誰にも気づかれず身を隠したつもりでも、土屋らはひそかに伝七の足どりをつかみ、金を持っているあんたの隠れ家を突き止めた。土屋らを斬らねばならなかったことが、あんたと林の隠れ家をつかむ糸口となった。天網《てんもう》恢恢《かいかい》、疎《そ》にして漏らさず。悪《わる》は悪同士、自らを滅ぼすか」

龍平は一歩踏み出し、続けた。

「色と欲に絡んだ忍平ノ介の悪行、もはや観念のときがきた」

それでも平ノ介の影は微動だにしなかった。

「忍平ノ介、あんたは誰だ。どこからきて、どこへいくつもりだった。女房の林と篠という幼い子をどうするつもりだった、嵐十一郎」

嵐十一郎と呼ばれて、平ノ介はようやく一歩をすすめ、木陰から姿をおぼろ月にさらした。

刀を肩に担いだその奇妙なかまえは、気だるげに見えた。

悪意も殺気も、すべてを影の奥へ仕舞いこんだ見事なほどの虚無に、龍平は打たれた。

「十一郎、わたしだ、竹蔵だ」

竹蔵が叫び、龍平の前へ駆け出そうとした。

龍平は手を広げ、竹蔵が前へ出るのを制した。

平ノ介はじっと竹蔵を見つめていた。

「おまえに詫《わ》びたい。兄としてわたしは何もできなかった。不甲斐ない兄を許してくれ。だが十一郎、それでもおまえは嵐家の血を継ぐ武士だ。これ以上、嵐家の恥をさらしてくれるな」

すると平ノ介は、ゆっくりと二歩、三歩と歩み始めた。

右手で担いだ刀の鯉口《こいぐち》を、かちりときったのがわかった。

「よせ、平ノ介。意味のないことをするな。刀でおのれの所業は斬れぬぞ」

龍平は右足を半歩前へ出し、腰の刀をつかんで鯉口をきった。

膝をわずかに折り、右手は膝の前に遊ばせた。

「金などいらぬ」

平ノ介はまっすぐ龍平に向かいながら、濁りのない声で言った。

「伝七が殺され、かえす相手のいなくなった金だ。三年四月前の夜、伝七から預かったときのままそっくり残っている。欲しくば持っていけ」

平ノ介と龍平の間は徐々に縮まっていた。

「冥土《めいど》の土産《みやげ》に教えてやる。長左衛門は殺されて仕方のない男だった。天が罰する前におれが斬った。土屋と吉三郎は長左衛門の金にたかる蛆虫《うじむし》だ。伝七を殺し、預かった金を奪いにきた。だから斬った。それだけのことだ」

「林は、あんたの所業を知っていたな」

「日暮とやら、それこそ意味のない詮索だ。覚えておけ。林は人を憐れむことしか知らぬ女だ。林はおれの真《まこと》の名すら知らぬ。長左衛門殺しも奪った金も何もかかわりがない。娘の篠は、天が林を憐れんで与えた子なのだ。林と子に手は出させん」

平ノ介の氷のような目に、突然、怒りが激しく燃え出した。

龍平は右膝をさらに折り、右肩を落とした。

「十一郎、おまえが斬る相手はわたしだ」

竹蔵が言った。

間違えるな――平ノ介の心が一瞬乱れ、叫んだ。

「おれは忍平ノ介だ」

と言いざま、平ノ介の左手が動いた。

月の光よりも青い一撃が龍平へ浴びせかけられた。

ひゅうん……と青い閃光《せんこう》が走った。

瞬時に反応した龍平は左足を大きく踏みこんで、抜刀した。

両者は息ももらさなかった。

光が上下に激しく交差し、山頂に鋼《はがね》と鋼が牙《きば》を剝《む》き合い、うなり声が響いた。

宙を翻《ひるがえ》った龍平の刀が、平ノ介のかえす刀より早かった。

龍平の二の太刀がおぼろ月を斬り裂いた。

その一刀を右の鞘で払い、平ノ介は龍平の右肩へ左手一本の長刀を旋回させ打ちこんでくる。

右手は使えるのか。

だが、龍平は逃げなかった。

右足をさらに一歩踏みこみ、平ノ介の右からの強烈な圧力を、剣先を地に向け受け止める。

凄まじい衝撃とともに鋼が鳴り、圧力をはねかえした。

間髪容《かんはつい》れず、五尺八寸（約一七四センチ）はある平ノ介へ右肩からぶつかった。

二人の肉体が衝突した。

肉と骨が軋《きし》んだ。

くうっ――平ノ介は堪えた。

二人は動かなくなった。

二人の動きが止まると、山頂は森《しん》と静まりかえった。

山下の水田からは蛙の鳴き声が、遠く聞こえる。

おぼろ月が、青い石像のような二人に、やわらかな光を降りそそいだ。

宮三も寛一も、竹蔵も息を呑《の》んで二人を見守った。

ぎり、ぎり、とどちらかの歯軋りなのか、骨の軋みなのか、かすかな音が聞こえたような気がした。

突然、木だちの蟬が静寂を引き裂いた。

じじじじじ……

刹那、動かなかった龍平と平ノ介の身体がふわりとすり抜けた。

位置が入れ代わった。同時に、向き直った二人の顔に浮かんだ汗を、月光が照らした。

二つの刃《やいば》が弧を描き、肉がうなった。

たあっ。

ちっ。

蟬の鳴き声が止んだ。

束の間の静寂がすぎ、ぶっ、と平ノ介の左腕に血飛沫が噴いた。

平ノ介は左腕を右腕でかばい、よろめいた。つかんでいる刀が、力を失った手からこぼれそうだった。

龍平は身がまえを崩さず、平ノ介を見守った。

刀が空しく地に転がり、それでも平ノ介は膝をついて落ちた刀を拾おうと手を探った。次の瞬間、

「十一郎」

と叫んだ竹蔵が走り、一刀を抜きざま平ノ介の背中を袈裟《けさ》に落とした。

「あぁっ」

寛一が声をあげた。

平ノ介の身体が仰《の》け反《ぞ》った。

顔だけを竹蔵へ向け、それから月を仰ぎ見るように空ろな眼差しを宙へさまよわせた。

「なんてこった」

宮三が呟《つぶや》いた。

「兄さん……」

平ノ介が声を絞り出した。

ゆっくりと、道端の草むらの褥《しとね》へくずれ落ちた。

「十一郎、許してくれ」

竹蔵は平ノ介の傍らへ跪いた。

仰向《あおむ》けに倒れた平ノ介の周りに、黒々とした血潮がにじんだ。

空ろな目が、竹蔵を見あげた。

「ありがとう、兄さん……これで、いい……」

十一郎、じゅういちろう——と竹蔵は刀を捨て、呪文のように繰りかえした。

だが平ノ介は、空ろな目のまま、もう何も言わなかった。

龍平はかまえを解き、竹蔵と平ノ介のそばへ近づいた。

「なぜだ、嵐さん。上役から命じられてきたのか。弟を斬れと」

「日暮さん、すまない。十一郎を、見逃してくれ。お家の咎《とが》めで弟を成敗《せいばい》した。この男はわが弟十一郎。無頼の徒、忍平ノ介ではない」

「そうとり繕うことで、あんたになんの面目がある」

竹蔵は顔を両掌で覆い、咽び始めた。

「命じられ申した。これ以上お家の名を汚すな。一族で始末をつけよ。ご上意だと」

「始末をつけたら、足軽身分から樋普請役に戻れるのですね」

「違う、ちがう。わたしは、そんなことは望んでいない……」

竹蔵は顔を覆って突っ伏し、山頂に嗚咽《おえつ》を響かせた。

龍平は刀を鞘に収め、宮三と寛一を見廻した。

「旦那、お指図を」

宮三が言った。

「親分、寛一と一緒にいって、村役人に知らせてくれ。嵐十一郎という忍領の侍が飛鳥山で上意討ちに合った。ひいては亡骸《なきがら》の検視《けんし》と、委細を上意討ちを行なった嵐竹蔵に訊ねてくれるようにとだ。おれはここで、親分たちが戻ってくるのを待つ」

「旦那、その後は」

寛一が訊いた。

「寛一、江戸へ帰るのさ。物見遊山は終わりだ」

「お林は、女房はどうしやす。金も、あるはずですが」

と、宮三が龍平を見つめた。

「村役人に届けたその足でお林を訪ね、忍平ノ介は帰ってこないと伝えるのだ。

それから三年四月前、平ノ介にある者が預けた物をもらい受けにきたと、丁重にな。お林はすべてを察すると思う。そうではないか、親分」

「そうですね。間違いねえ。すべてを察するでしょう。お林はきっと、そういう女です」

うずくまったまま嗚咽を絞る竹蔵に、おぼろ月が青い光を差し伸べていた。

六

王子村支配の陣屋の手代と村役人が、江戸北町奉行所の御用を務める神田竪大工町の宮三と寛一の知らせを受け、夜更けの飛鳥山山頂へ着いたとき、暗い腰かけ茶屋に嵐竹蔵という忍藩の侍と、一体の亡骸が待っていた。

宮三らは、もしもご不審の点があれば日暮龍平という、江戸は呉服橋の北御番所町方役人へ訊ねてもらいたいと言い残して、すでに去っていた。

手代は番太らに亡骸を村の番小屋へ運ばせ早桶《はやおけ》ができるまで安置することを命じ、嵐竹蔵を村役人の屋敷へともない、そこで子細を問い質した。

それによって二太刀を浴び絶命した嵐十一郎は、十年前、忍領阿部家の法度を犯し出奔し上意によって追われていたこと、そして兄嵐竹蔵が今宵《こよい》、弟十一郎を討ち果たした経緯を聞かされた。

竹蔵は、正々堂々の一騎打ちだったと言った。

翌未明、江戸城西ノ丸下の忍領阿部家藩邸へ王子村より使いの者が向かい、昼ごろ、江戸屋敷勤番の家士とともに王子村へ戻ってきた。

そこで委細が確認され、十一郎の亡骸は村役人の手配で、竹蔵と家士の手によって村の寺の片隅に埋葬された。

竹蔵が家士とともに去った後、村の番太が飛鳥山崖下の五軒長屋を訪ね、嵐十一郎が所帯を持っていた女房の林に事の経緯を告げた。

といっても、こういう裏店の住人は、王子権現周辺の水茶屋や料理屋で働く仮住まいの村の宗門人別帖《しゅうもんにんべつちょう》にも載らない者らばかりで、村の住人とは言えず、番太は林と十一郎が五軒長屋へ越してきた事情を詮索もしなかった。

ただ番太は、器量の優れた林に見惚れ、気を許し、務め先が王子権現裏の滝乃家という蕎麦屋であることや、娘の篠の年や、三年と少しがたつ王子での暮らしぶりなどをあれこれ訊ねてから、

「困ったことがあったら力になるだで、いつでも遠慮なしに言うてくれ」

と不憫《ふびん》な母と娘に同情を寄せたという。

それだけで飛鳥山の一件は、一応、落着したと言えば言えた。


しかし三日後の昼さがり、北町奉行所の三部屋が並ぶ詮議所の北側の部屋に詮議役筆頭与力柚木常朝と物書同心一名、それに平同心の日暮龍平が柚木の左右下手に向き合っていた。

部屋の外に落縁《おちえん》があり、落縁の下は公事人溜りの板塀を背にした狭い白州《しらす》になっていた。

その白州に蹲《つくばい》同心にともなわれた小日向清水谷町の質屋、朱鷺屋長吾が茣蓙《ござ》に坐り、膝に手を揃え畏まっていた。

長吾の後ろには、付き添い人の清水谷町の家主が控えていた。

長吾は自分がなぜ奉行所に呼ばれたのか不審でならず、苛《いら》だち半ばと懸念半ばに動揺していた。

この五月の朔日だったか、奉行所の同心が、三年四月前の赤城明神下で起こった押しこみの一件に絡んで元手代の伝七殺しの調べで訊きこみにきた。

後日、火付盗賊改の同心土屋半助と吉三郎が王子の近く、西ヶ原村で斬られた噂を聞き、火盗からも町奉行所からも調べはこないものの、内心、まずい事態になったとびくびくしていた。

そこへ一昨日、奉行所からの呼び出しの差し紙が届いたのだった。

ただ長吾が少々安堵《あんど》したのは、名を呼ばれて詮議所白州へ導かれると、詮議所の座敷には継裃《つぎかみしも》の与力ひとりと、物書同心と控えの同心の二人しかいなかったことだった。

本来の公事や吟味物のとり調べならば、詮議役の与力が五人は揃い、そのほかに物書同心や控えの同心が物々しく居並んでいるものだが、どうやら表だったとり調べではないと思われた。

継裃の与力は穏やかな顔つきで長吾を見おろし、先日訊きこみにきた日暮龍平とかいう頼りなさそうな同心が控えていた。

やはり伝七殺しの一件らしい。上手く言い逃れなければ、と長吾は思った。

ところが意外にも、呼び出しの事情は、伝七から預かったという三百両の金が北町奉行所に届けられたことについてだった。

預かったのは忍平ノ介で、届けたのは王子村で平ノ介と所帯を持っていた女房の林である。

経緯は、忍平ノ介は本名を嵐十一郎と言い、十年前、法度を犯し忍領を出奔し江戸に身を隠していた。

十一郎は追われる身だったが、逃げおおせ、およそ十年がたっていた。

それが三日前、ついに王子村に蟄伏している隠れ家が見つかり、上意討ちの手の者に討たれた。

残された女房の林は、生前の平ノ介から夫の遺品の中に伝七から預かった物があることを聞いており、平ノ介の遺品を調べたところこの金が見つかった。

林は、夫の死の知らせをもたらした役人から、三年四月前の押しこみがらみで伝七はすでに殺されていたことと、夫が伝七と仲間だったかもしれぬ疑いがあることを聞かされ、その金を差し出したというものだった。

長吾は目を丸くし、膝を乗り出して与力に訴えた。

「お役人さま、すべて合点《がてん》がいきました。その三百両はまぎれもなくわが父長左衛門が赤城明神下の妾宅に蓄えておりましたお金に相違ございません。三年四月前、妾宅が二人組の押しこみに遭い、父が命をとられ、盗まれたお金でございます」

「やはり、そうだったか」

「先月、伝七が死んだことを火盗の土屋さまからうかがいました。その折り、伝七が二人組の押しこみのひとりだったらしいことがわかりました。もうひとりが忍平ノ介だったのでございますね。とんでもないことでございます。伝七は元わが店の手代、平ノ介はわが父長左衛門の用心棒でございました」

そう言って長吾は頭を垂れた。

「お気の毒に土屋さまは、王子村に近い西ヶ原村で何者かに斬られました。おそらく斬ったのは平ノ介。土屋さまは平ノ介の居所をつかんで捕えようとしたところが、逆に斬られなされたのに違いありません」

長吾はさらに膝をぽんと叩いた。

「しかもでございますよ。平ノ介と所帯を持っていた女房の林は、わが父の妾奉公をしていた女でございます。なんと林は、押しこみに遭ったふりをしてじつは押しこみを手引きしていたのでございますね」

「なるほど、あり得る」

「そうとしか考えられません。お役人さま、急ぎ林を捕え獄門にさらしていただきとうございます。わが父長左衛門の憎き仇《かたき》。林めが捕縛を恐れて行方をくらませぬうちに、なにとぞ」

「女ひとり、しかも幼き子連れだ。所詮《しょせん》逃げたとて、知れておるわ。ところで朱鷺屋。火盗の土屋は隠密に忍平ノ介を追っていたそうだ。火盗ですら、土屋が王子村近在を探っていたことは、土屋が斬られるまでつかんでいなかった。おぬしがなぜそれを知っている」

柚木が長吾を質した。

「いや。まあそれは、お役人さまのお話をうかがい、勝手に推量したまででございます。僭越《せんえつ》なことを申しあげてしまいました」

「そうか。推量か」

ふむ——と柚木は頷いた。

「朱鷺屋。今ひとつ、訊ねる。三年四月前、赤城明神下の押しこみがあった折り、おぬし、盗まれた金額は四、五十両と申したようだな。それが今になって盗まれた金が、父親の蓄えていた三百両だとするのはなぜだ。金額に開きがありすぎるだろう」

「はい。わたくしは父の気質をよく存じております。父は商いひと筋、こつこつと贅沢することもなく、朱鷺屋を築いてまいりました。日ごろの商い以外の暮らしの中でも始末をし、小僧のころより懸命に蓄えをしておりました。その金が数十年の間に積もり積もって、三百両にはなっていたはずでございます」

「はず？　では三百両が父親の蓄えていた金というのは、おぬしの推量か」

「いえいえ、推量ではございません。父がこつこつと、爪に火を灯すように蓄えをしていたことは確かでございます」

「ふん。爪に火を灯しても妾は雇っていたか。まあよい。だから今一度訊く。その三百両のことをなぜ隠していた。なぜ四、五十両と偽った」

　柚木の穏やかな口調が、逆に鋭く問いつめた。

「とんでもございません。偽ったなどとと。知ってはおりましたが、妾宅に置いていたとは思わなかったのでございます。まさか妾宅に隠していたとは」

「思わなかったのなら、三百両が父親の蓄えた金だという証《あかし》はないのだな。やはりおぬしの推量だな」

「は？　ですから、それはですね、あの、父が一時期、小日向の蔵に仕舞っていたのですが、商いの金とまぎれるのはよくないし、大金でございますので、万が一ということもあるからわけておいた方がよいと申しまして、妾宅に持っていったのでございます」

「つまり、妾宅に三百両が置いてあったと知っていたことになるな」

「気づかなかったのでございます。父がわたしには何も申さず勝手にそうしましたもので」

「では誰が、わけておいた方がよいと申したのだ。誰かが申したから、おぬしは父親の三百両もの蓄えが蔵から消えても、不審に思わなかったのであろう」

「父です。父に言われておったのですが、わたくし、うかつにも失念いたしておりました。それで不審に思わなかったのにもかかわらず、妾宅に持っていった三百両もすっかり忘れ、奪われたのは四、五十両といい加減なことを申したのでございます」

長吾は莫蓙へ手をつき、頭を地につくほど垂れた。

「それをいつ思い出した」

「は、はい。たった今、お役人さまにお金の話をおうかがいいたし……」

「もういい。埒《らち》もないことを申すな」

柚木は穏やかな口調のまま、長吾を制した。

龍平に視線を向け、指示した。

「日暮、おぬしから話せ」

龍平は柚木に目礼し、長吾に言った。

「朱鷺屋さん、幾つかのいかがわしい質屋で脇質が横行している差口《さしぐち》が入っている。脇質がどういうものか知っているか」

え？　と朱鷺屋が顔をあげ、それからまた頭を落とした。

「ご法度と申します以外、わたしどもはよく存じません。わたしどもは、真っ当に質屋を、ほそぼそと、お困りの方をお助けするために、営んでおるのでございます」

「本当ですか。三年四月以前、長左衛門さんの妾宅では、脇質をあつかっていたという訴えがあるのです。その脇質で儲けた金が妾宅には隠してあったと」

「滅相《めっそう》もない。脇質など、と、とんでもないことでございます」

長吾は、おどおどとした目を、白州の左右にさまよわせた。

目を剝いて必死に考えていた。そして「はは……はは……」と引きつったような笑い声をあげた。

「お役人さまに申しあげます。わたくし、とんだ勘違いをしておりました。その三百両は父の蓄えではございません。今また、思い出しました。父が三百両蓄えたのは真でございますが、赤城明神下に妾宅を設け、妾の給金や妾宅の暮らしの何やかやで、使い果たしておりました」

長吾は恐る恐る、柚木を見あげた。

「蓄えを使い果たしてから、月に二、三度は、小日向のお店の稼ぎを妾宅の暮らしをたてるために懐へ入れて持っていっておりました。そうでした。父が申しておりました。朱鷺屋の主人は自分なのだから、稼ぎを何に使おうと主人の勝手だろうと申して、わたくしと口論になったこともございます」

なにとぞ——というふうに、頭を地につけ、じっと動かなくなった。

七

ふふん……と、奉行の永田備前守が笑った。

その日の夕刻七ツ（午後四時頃）すぎ、勤めの刻限は終わっていた。

けれども、奉行用部屋の手付同心はまだひとりも座を立たず、執務にあたっている。

奉行は、素鑓を架けた二間半の用部屋西側の壁を背に着座して、奉行右手、廊下にたてた杉戸の前に詮議役筆頭与力柚木常朝、奉行左手、祐筆詰所の杉戸のわきに年番方筆頭与力福澤兼弘が対座していた。

日暮龍平は、奉行の正面のおよそ二間（約三・六メートル）を隔てて畏まっていた。

春原繁太は、見廻りから戻っていなかった。

南の中庭の夾竹桃や、中庭越しの廊下の瓦屋根に、夕暮れ間近の残り日が降っていた。

「よいわ。朱鷺屋のことはしばらく置いておけ。調べるかどうか、それは火盗の渡辺と一度、話し合わねばならん。それからのことだ」

と、奉行が笑いながら言った。

「それよりその三百両、当面は奉行所の備蓄用として仕舞っておくが、なんぞ役だてる方途《ほうと》はあるか。よき考えがあれば申せ」

「三百両は、中途半端な大金でございますなあ」

福澤が老練な口ぶりで、ねっとりと応じた。

「大がかりなことができるほどではなく、と言って、みなで一杯呑んで終わりという額でもありません。ふふふ……」

「この際ですから、遠からず手をつけねばならぬ所内の修理補修を早めに一気にやるのはいかがですか。例えば、畳をぜんぶ入れ替えるとか。近ごろ、傷みが目について参りました」

と、それは柚木が言い添えた。

「使わずに置いておくより、使った方がそれだけ町家に出廻る金が潤沢になって、少しは役にたったと言えますからな。薪《まき》や炭、油なども大目に蓄えておくのもどうですか」

「こういう筋の金だから、あまりあからさまに番所の掛に使うのもな……」

奉行が苦笑を浮かべた。

「日暮、おぬしの考えはどうだ。この一件はおぬしの手柄だ。よくやった。これで火盗の面目も潰さずに落着できた」

「成りゆきで、このような落着にいたりました」

龍平は視線を落とした。

「おぬしの裁量がよかったのだ。褒美《ほうび》のことも考えておく」

「ご褒美がいただけるのですか」

「ふむ。いずれな」

いずれ、というのは褒美を出す気があるということで、出すと決めたのではない。福澤と柚木がにんまりと龍平を見ている。

「申しあげます」

と龍平は奉行に言った。

「このお金はお救い米、備荒《びこう》貯蓄の積金《つみきん》として、町会所に預けるのはいかがでしょうか。福澤さまが仰られたとおり、大がかりなことはできませんが、米不足など細民《さいみん》の火急の事態の備えには何がしかの役にたつと、考えられます」

奉行が頷いた。

「ただし、近ごろの町会所の七分金積たては、囲籾《かこいもみ》買入れや困窮している者への店賃貸付などの本来の使途を曲げ、富商への金融に利用されております。寝かしておくよりましだから、と積金の趣旨を勝手に解釈し、災害に備える心がまえを怠っており、それを厳重に戒《いまし》めていただいたうえで預けるのです」

「まあ、そこらへんが妥当な使途かもしれませんな」

「賛成です。細民を救うのは、町奉行所の務めでもありますので」

福澤と柚木がそれぞれに言った。

「必要なところへ必要なものを、だな」

奉行は龍平へ笑いかけた。

「それと今ひとつ、ご褒美をいただきたいのでございます」

龍平は畳に手をついた。

「先ほども申したように、考えておくぞ」

龍平は手をあげ、膝に揃えた。

「いずれではなく、なるべく早く、できれば今すぐにいただきたいのです」

奉行が意外な顔をした。

「今すぐほしいのか。何が望みだ」

「金でございます」

「ほう、褒美の金か。いくらぐらいがいい」

奉行は年番方の福澤に訊いた。

「そうですな。こういう場合、三両、あるいは五両といったところがよろしいのではないでしょうか」

福澤が腹積もりを笑みに湛えて、龍平に向いた。

しかし龍平は平然と応えた。

「望みを申しますれば、二十五両包みが十二個の三百両、なにとぞそのうちのひと包みをお願いいたします」

「ひと包とは二十五両か。それはずいぶんと高額な褒美だな」

柚木と福澤が笑みを消し、龍平を見つめた。

「元々なかった三百両、また持ち主のない金です。経緯、事情はどうであれ正直に金を届けた者がおります。ひどい貧しさを耐え忍び、貧しいなりの暮らしを送りつつも望まず、求めなかった者です。その正直さに、酬《むく》いていただきたいのです」

龍平は頭を垂れた。

「拾って届けてくれた者に、一割ほどの謝礼を渡すのは世間の慣《なら》わしです。なにとぞその慣わしを、わたしに、ご褒美として」

奉行は笑みを浮かべていた。

福澤と柚木は龍平の言葉の意図を忖度《そんたく》するごとく、沈黙していた。

「ひどい貧しさに耐え忍び、望まず、求めず、か」

と、奉行は龍平に確かめるかのように言った。

「はい。どのような経緯、事情であれ、正直さに酬いるのは意味のあることと考えます」

「ふふふ……お奉行さま、よろしいのではありませんか。日暮の申すとおり元々なかったし、持ち主のない金なのですから」

福澤が老練な口調で言った。

「それに日暮の、裁量に任せた一件でもありますし」

柚木が続けた。

奉行は、日が陰《かげ》って薄暗くなった中庭へ練れた眼差しを流した。そして、

「世間の慣わしを、な……」

と、呟いた。

八

数日がたった。

飛鳥山の崖下の五軒長屋に、山の蟬の鳴き声や川向こうの王子村の水田で鳴く蛙のざわめきが、朝から襲いかかっていた。

北側崖下の日当たりの悪い場所のため、一日のうち、午後の傾いた西日しか差さず、暑い朝は少ししのぎやすかった。

それに今朝は湿ったそよ風が吹いていて、軒の風鈴がちりんちりんと鳴っていた。

林は、朝ご飯の支度をするのがだるかった。

竈の火を見ながら、風鈴の音を聞いていた。

篠が四畳半の上がり端にかけて、ぼんやりしていた。

こんな幼子《おさなご》でも、母親の心の暗がりをくんでしまうのだろうか。何日か前から姿の見えなくなった父親のことを、思い出しているのだろうか。

林は、親の罪を娘に負わせているような後ろめたさを、覚えた。

「もうすぐご飯が炊《た》けるからね」

林は篠に笑みを投げ、言った。

こくりと、篠は無邪気に首をふった。

わたしにはこの子がいる。林は胸を締めつけられながら思った。

そのとき、家の外に足音が聞こえた。

腰高障子を開けたままにした狭い土間に、人の影が差した。

「お篠、おじさんを覚えているかい」

低い男の声が篠に言った。

上がり端の篠は障子の方をぽかんと見あげ、小さな足をぶらぶらさせた。

林は身体を腰高障子の方へねじった。

「ご免なさい。お林さんはいらっしゃいますか」

表戸へ立つと、背の高い男が二人立っていた。

あの日の親子連れだった。

あの日の昼間、滝乃家の客として現れ、夜更けにこの五軒長屋を訪ねてきて神田竪大工町の宮三と倅寛一と名乗った。

そして、夫がもう帰ってこないことを告げられたのである。

林はうずくまり咽び泣いた。だがいつかこの日がくることは、平ノ介と所帯を持ったときからわかっていたことだった。

「ああ、宮三さん、寛一さん、先だっては」

林は腰を折った。

「こんなに朝っぱらから申しわけねえ。一刻でも早く、お林さんに渡さねばならねえものがあって、時分もわきまえず、お邪魔しました。ちょっとの間、お時間をとっていただけませんか」

林は宮三と寛一の素性を訊かなかったが、町方の御用を務めていることは察していた。

けれど宮三と寛一は、朱鷺屋長左衛門の妾奉公をしていたとき、しばしば訪ねてきた火付盗賊改の同心土屋半助が従えていた吉三郎とも常次とも、まるで違っていた。

宮三の表情にも言葉にも仕種にも、心和《なご》ませる慈愛があふれていた。

林は安らぎがどういうものか知らないけれども、父親のそばにいるのはこういうものだろうかと思うのだった。

「おお、飯を炊いているところでしたか。寛一、おめえ、お篠と一緒に竈の火を見てくれ」

「へい、親分」

「大丈夫。若造でやすが妙に飯にはうるさくてね。飯炊きだけはお袋より上手《うめ》え男なんです。お篠、この兄ちゃんと一緒に竈の火を見ててくれるかい」

「うん」

篠は愛くるしく首をふった。

林は宮三と四畳半で向かい合った。

せめて、と宮三と寛一に茶碗に水を汲んで出した。

江戸からの遠い道を急いできたのだろうか、宮三は「ありがとう」と、それを美味《うま》そうに飲んだ。

竈の前で、寛一と篠が楽しそうなお喋《しゃべ》りを始めた。

窓の風鈴が、涼しげに鳴った。

「まずもって改めまして、ご亭主のお悔みを申しあげます」

林は微笑み、わずかに頭をさげた。

「ただご亭主のことはご亭主のこととして、ご自分とお篠の先をお考えになって、気持ちを強く、暮らしてくだせえ。それで……」

と宮三は、袖から白い伊予紙《いよ》の掌《てのひら》に乗るほどの包みを出して、林の膝の前に滑らせた。

林はすぐに察したのか、宮三を見かえり儚《はかな》げな笑みを浮かべた。

「二十五両あります。これはあっしの知り合いが、奉行所からお林さんに渡すようにと預かっていたものです。それをあっしが託《ことづか》ってまいりました。どうぞ、お渡しします。お納めくだせえ」

「お気遣い、ありがとうございます。でもこれは受けとれません」

と、林は小判の包みを宮三の膝の前へ押し戻した。

宮三は目を瞠《みは》った。

「これは、伝七さんから預かっていた平ノ介の遺品の中にあったお金のひとつですね。あのお金がどんなお金か、わかっております。どうか、これも朱鷺屋さんへおかえしなさってください」

「いいえ。朱鷺屋の長吾は、あの金はうちの金ではないと言ったそうです。伝七のものでも平ノ介さんの金でもねえかもしれねえが、届けたのはお林さんだ。誰かがなくした金を正直に届けた、その謝礼です。世間のごく普通の慣わしですよ。遠慮なく、受けとりなせえ」

宮三は小判の包みを林の前へまた滑らせた。

すると林は宮三をじっと見つめ、不意にはらはらと涙を落とした。

「でもわたし、このお金は受けとれないんです。本当に……わたし、本当は、何もかも知っているんです。何もかもわかっていたけれど、何もわからないふりをして、今日まで生き永らえてきました。あの人はわたしに、お金ではなくお篠を与えてくれました。ほかにほしいものは、ありません」

竈の前の、寛一とお篠の笑い声がした。

明かりとりの窓の向こうに、小さな川と王子村の水田と、その向こうに雑木林が散在していた。

何軒かが固まった百姓家の萱葺《かやぶ》きの屋根が、雑木林の中に見えた。

雑木林をそよがせ、水田を渡ってきた夏の風が軒の風鈴を鳴らした。

「あれは、ご亭主との思い出の風鈴ですか」

宮三はぽつりと訊いた。

お林が不思議そうな顔をした。

「すみません。余計なことを言いました」

宮三はうかつな言葉を恥じて、苦笑いをした。

「いいんです。あの風鈴の音《ね》を聞くと、夫が帰ってくるような気がします。あの風鈴は、冬に、古道具屋さんで埃《ほこり》をかぶっていたのを買ったんです。でも夫の思い出は、寂しさも連れてきますから」

林は風鈴を見つめた。

宮三は少し膝を乗り出した。

「平ノ介さんが言っておりました。お篠は天がお林さんに与えた子なんだと。お林さんを天が憐れんで、与えてくれたんだと」

宮三は、飛鳥山の平ノ介を思い出した。

「あの人の、最期をご存じなんですか」

宮三は頷いた。

「信じちゃくれねえかもしれませんが、安らかでしたよ」

安らか――と林は呟き、それを繰りかえした。

「お林さん、この金だってそうだ。天がお林さんとお篠に渡るように仕組んだんです。何もためらうこたあねえ。お篠との暮らしのために使いなせえ」

宮三の低い声が響いた。

「それが一番いい、この金の使い道なんだ」

風鈴が、ちりりりん……と風に吹かれた。

林の横顔にまた涙が伝った。

結　一刀龍《いっとうりゅう》

一

六歳の俊太郎が龍平からやや遅れてついてくる。

子供用の菅笠《すげがさ》をかぶり、紺の綿の単衣《ひとえ》に細縞袴《ほそじまばかま》の拵《こしら》えが、俊太郎の様子を五《さ》月人形《つき》のように見せていた。

菅笠の下の白い顔に丸い頬《ほお》がほんのりと赤い。

その頬に打たれた青痣《あおあざ》ができ、額のこぶには麻奈が膏薬《こうやく》を貼っていた。

一人前に悩んでいるのか、表情を大人びて曇らせている。

龍平は俊太郎をちらりとふりかえり、思わず微笑《ほほえ》んだ。

子供らなりに、相当激しい喧嘩《けんか》だったらしいことは察しがついた。

龍平はそんな喧嘩をする歳に俊太郎がなったのかと、父親としてのささやかな感慨を覚えていた。

道は午後の人形町《にんぎょう》通りを北へ延びていた。

暑い日差しが、賑《にぎ》やかな人通りに降っている。

商人《あきんど》や職人、そして人足《にんそく》らの引く人形の木箱を積んだ荷車が、がらがらと音をたてて通りすぎてゆく。

龍平は金つばの菓子折りをさげていた。

怪我《けが》を負わせた相手へのお詫《わ》びの気持ちの品である。

「俊太郎どの、元気を出せ。帰りはしるこを食べさせてやる」

俊太郎は菅笠の下の丸い頬をあげ、ふっとほころばせた。けれどもすぐ、

「父上、相手はお旗本です。難しい相手ですよ」

と、ゆるんだ表情を引き締めた。

俊太郎にしてみれば理はおのれにあっても、身分の差は童子なりに理解できる。

「案ずるな。こういうことはなんとかなるものさ」

と暢気《のんき》に笑う父親の大きな背中が頼もしく、ちょっと物足りなくもある。

大丈夫かな……

俊太郎は心配だった。

通旅籠町《とおりはたご》の大通りを越え、しばらくいって小伝馬町の牢《ろう》屋敷をすぎた。

さらに北へとって神田お玉《たま》が池稲荷《いけ》の少し手前に、北村《きたむら》家の屋敷がいかめしい長屋門をかまえていた。

北村家は小姓組《こしょうぐみ》を勤める千石の旗本である。

三十俵二人扶持《ぶち》の町方同心などとは、較べ物にならない大家《たいけ》である。

だが門番はいなかった。

門脇の小門をくぐり、長い敷石を踏んで玄関で案内《あない》を乞《こ》うた。

しばらく待たされて応対に出てきた若党《わかとう》に訪ねた用件を告げると、若党は心得ていたらしく急に仕種《しぐさ》が素っ気なくなり、

「少々お待ちを」

とさがった。

またしばらく待たされた後、若党がわきから現れ、龍平と俊太郎を中庭を抜けて離れになった棟に案内した。

どうやらそこは剣道場になっているらしく、広いがらんとした板敷に奥の壁に

神棚と天照皇大神宮《てんしょうこうたいじんぐう》と記した白紙が祀《まつ》られていた。

龍平と俊太郎は、神棚を前にしてさらにまた待たされた。

必要はないが、むろん、茶とかそういう類《たぐい》の物は出なかった。

いきなりこういう道場に通すということは、客扱いではない。

やがて正面神棚の片側の両開きの舞良戸《まいらど》が開いて、龍平と同じ年ごろの壮年の主《あるじ》と大柄な家士《かし》らしき侍が現れた。

二人とも稽古《けいこ》着のような胴着と袴姿に、木刀をさげていた。

龍平と俊太郎は床に手をついた。

主が神棚を背に龍平の正面に坐り、家士が並んで着座した。

主は龍平と俊太郎を交互に見て、それからくだけた口調をにじませ言った。

「日暮さんか。北村洋之進《ようのしん》です。きていただいた用件はご承知ですね」

「改めまして、日暮龍平と申します。これは倅俊太郎でございます。このたびはご子息虎平太《こへいた》さまに倅《せがれ》俊太郎が怪我を負わせました由、子供同士の喧嘩とは申せ、真に申しわけなく思っております。これはお見舞いでございます。どうぞお納めください」

龍平は金つばの菓子折りを差し出した。

北村は菓子折りを一瞥《いちべつ》しただけで受けとりもせず、妙な笑みを浮かべて低頭した龍平を見おろしていた。

「その後、虎平太さまの怪我のご容体はいかがでございましょうか」

龍平は頭をあげた。

北村と並んだ家士が、目を細めて龍平をうかがっていた。

「幸い骨折にはいたらなかった。まだ起きあがるのは難しいが、安静にしておれば癒《い》えるということです」

「おお、さようですか。それはようございました」

龍平は顔をほころばせた。が、

「よくはありませんよ。どうするつもりです。日暮さん」

と、北村は妙な笑みを消し、無愛想に言った。

「はい。そのため、お詫びにあがりました。むろん、薬師《くすし》代そのほかの費用はわたしどもがお支払いさせていただきます」

北村は顔を斜めに傾《かし》げ、龍平から目をそらさなかった。

「何を言ってるんですか。町方ごときの不浄《ふじょう》な金で、息子の怪我を治そうとは思いませんよ。この始末、どうするつもりかと訊《き》いておる」

「はあ。でありますので、こうして倅ともども、お詫びにあがった次第です」

「飲みこみの悪いことを言われる。侍としてどう始末をつけるつもりか、ですよ。あなたも一応、侍でしょう。二本を差しておられる」

龍平は刀と菅笠を右わきに置いている。

「侍としての始末、と申しますと……」

「だから侍としてです。侍は自らの始末をつける覚悟があるからこそ、侍たり得るのです」

「侍と申しましても、子供同士の喧嘩ではありますし、お詫びにあがったのでは気がおすみになりませんか」

北村は溜息をついた。

「あんたの倅は虎平太を背後から襲った。子供とはいえ後ろから無言で襲うなど、侍にはあるまじき卑劣な行為だ。そのために虎平太は大怪我を負った。それはいい。死は侍なら常に覚悟しておかねばならない。しかしながら、卑劣な行為は侍にはあってはならないことだ。許されん」

龍平は黙っていた。

北村は激する感情を抑えかねているふうだった。だいぶ癇性《かんしよう》な男らしい。

「天が見ておりまず。卑劣な行為は天に償わねばならん。そうであろう。子供ゆえ償えないのであれば、養育者である親が償うのは当然のことだ」

「そのような難しいことを仰《おつしや》らずとも、子供の喧嘩です。倅ら五、六歳の子供らが八丁堀の山王《さんのう》神社境内で剣術稽古の真似事をしておりました。そこへやや年かさの虎平太どのら五人がまいられ、不浄役人の子らがとからかった。そこで喧嘩になり、五歳の子が虎平太どのに打ちすえられ、泣きべそをかいた」

龍平はにこやかな口調を崩さなかった。

「倅はその子を救うべく、虎平太どのの後ろから三度ばかり打ちかかった。わたしは倅からそのように聞いております。お陰で倅もこのように、ほかのお仲間にだいぶ傷めつけられたようですが」

「それが？」

「後ろから襲いかかるのは卑劣な行為であっても、喧嘩、乱戦の中では、ときとしてそういう行為も起こり得ます。どうか、虎平太どのに今一度お確かめいただき、その事の次第によって、ご配慮をいただけませんでしょうか」

「町方役人の言いそうな誤魔化《ごまか》しですな。町方が素手の町民に横暴なふる舞いをしているのは、昔から知れておる。役目に胡坐《あぐら》をかき、非力な町民につけ届けを要求し、卑劣なふる舞いをして恥ともせぬ。そういう卑劣さが倅にも伝わっておるのだ。血筋は争えん」

蔑《さげす》むだけ蔑んでそれで気がすめば、それもよかろう――龍平は黙っていた。

「どうです、日暮さん。天が見ておる下で、一度、正々堂々と試合をしてみませんか。ここはわたしが身心を鍛えている神聖なる稽古場です。剣はいいですなあ。身体のみならず、何よりも心を清めてくれる。ぜひ今ここで立ち合い、不浄なるお心を清められませ」

北村はそう言い、隣の家士へ顔を向けた。

「こちらはわが師の伊藤陣八郎《いとうじんぱちろう》どのです。伊藤どのがお相手いたす」

「伊藤陣八郎でござる。お相手申そう」

日に焼けた頰骨の高い、三十半ばの屈強な男だった。

「わたしどもに詫びたいと申されるのなら、天の下で正々堂々立ち合い、心を清めてもらいたい。なぜなら、わたしどもにとって、あんたと、あんたの倅が立ち直ってくれることこそが何よりの謝罪なのです」

北村は何かの信心みたいなことを言い始めた。

要するに、息子が負った怪我に試合という口実で親へ仕かえしをしようという魂胆か。

「ご勘弁ください。繰りかえしますが、これは子供の喧嘩。親がかかわりますのはほどほどにすべきです。それに立ち合うとなると、怪我人が出ることになります。お互い、いいことはありません」

「立ち合いといっても真剣ではない。木刀を使っての稽古だ。勝敗は天が決める。天の下、真っ白な心で存分に打ち合うのです」

伊藤が薄く笑って言った。

「困りましたな」

俊太郎が青褪《あおざ》めていた。可哀想《かわいそう》に、肩が震えるのを懸命に堪《こら》えていた。

「臆《おく》されたか。卑劣がどういう行為か、その臆した心があんたに教えているのだ。臆した心を乗り越えられよ。そこに学ぶものがある」

北村が、じゃらじゃらとしつこく言った。

まったく、鰯《いわし》の頭も信心からか。この男、本気なのだ。

龍平は呆れた。

「さあ」

伊藤が立ちあがった。

「あんたにわたしの木刀を貸そう。大丈夫。妙な仕掛けはしていない」

北村が木刀を差し出した。

「わかりました」

龍平は俊太郎へふり向き、刀と菅笠、それに板敷に置いたままの菓子折りを渡した。

「これを持って隅《すみ》の方にいっていなさい。心配にはおよばない」

龍平は笑いかけた。

俊太郎は青白い顔を懸命に頷かせた。

道場の隅へ、つつつつ……と走り、北村も立ちあがり、後退《あとじさ》った。

龍平は木刀をつかみ、よっこらしょっと立った。

伊藤は木刀を垂らし、三間（約五・四メートル）の間《ま》をとり龍平の前で右左に動いた。

「いいかえ」

と、少し上州訛《なまり》になった。

それからすっと青眼《せいがん》にかまえた。

なるほど。腕に自信があるのだろう。かまえに隙がない。

龍平は右足を半歩踏み出し、木刀を右足脇に力を抜いて垂らした。

「かまえな」

伊藤が言った。どこか無頼な渡世人を思わせる、喧嘩慣れしている様子だった。

「これで、どうぞ。で、何本勝負ですか」

龍平は言った。

「何本でも。両方がもういいと言うまでよ」

伊藤は酷薄《こくはく》そうに顔を歪《ゆが》めた。

そして青眼を上段に移した。

あいやあああ……

と、獣のような奇声を発した。

龍平は動かなかった。

伊藤が、じりり、じりり、と間を詰め、それから突然、上段のまま肉迫した。

りゃりゃりゃりゃ……

と叫んだ。

荒い――龍平は思った。

静止して対峙《たいじ》しているときは隙は見えにくいが、動くと隙が出る。
日ごろの稽古の質が露呈する。
伊藤が大きく踏みこんだ。
ぶううん。
木刀がうなった。
一瞬早く左を踏み出していた龍平は、垂らした刀に膂力《りょりょく》をこめた。
打ち落とした木刀が風を斬った。
ばきり、と肉と骨が鳴った。
「しまった」
龍平は思わず言った。
伊藤の左腕を狙ったが、狙いがはずれて首筋を打ってしまったのだ。
ぐえっ——と伊藤は首筋をくの字に歪めた。
龍平のそばをすり抜け、誰もいない道場の壁の方へたらたらと進んでいく。
三間ほど離れてようやく動きが止まった。
身体をゆっくりとゆらし、やがて木刀を落とした。
龍平はかまえを解いた。

と、ぶふっと伊藤が口から血を噴き出した。

そして、膝からくずれていった。

壁際でうつ伏し、血を吐きながら痙攣《けいれん》した。

俊太郎が震えていた。

手加減を加えるのは難しい。

北村の方へふり向き、

「あなたは、これを使いますか」

と、北村へ木刀を差し出した。

北村ははじけるように後退り、神棚の下の壁に背中を勢いよくぶつけた。

「おや、坊っちゃん、お久しぶりで」

宮三が三畳の座敷で俊太郎に言った。

俊太郎は宮三をよく覚えていないのか、恥ずかしそうに笑っている。

「覚えていねえのも無理はねえ。あっしが亀島町のお屋敷へうかがうときは、たいてい夜更《よふ》けですからね。坊っちゃんとお会いするのは三年ぶりですよ」

宮三は俊太郎の手をとって、顔をほころばせた。

「坊っちゃん、顔にこぶやら痣ができて、男前に凄《すご》みが出ましたね」

　宮三が言った。

　俊太郎は決まり悪げに頷いた。

「男の喧嘩は勝った負けたじゃねえ。なんのために喧嘩をしなきゃならなかったかだ。痣やこぶぐらい、どうってことねえ」

「俊ちゃん、こっちへお坐り」

　寛一が俊太郎を隣へ坐らせた。

　寛一は手先の務めで屋敷には頻繁《ひんぱん》に顔を出しているので、俊太郎とは年の離れた友達のようである。

「寛ちゃんがいるって聞いたから、ついてきた」

　俊太郎は、うふふ、と悪戯《いたずら》をしたみたいに笑った。

「今晩はね、仕事が一段落したので旦那と一杯やるのさ。俊ちゃんは酒が飲めねえから饅頭《まんじゆう》でも食って見てな」

　寛一が得意そうに言った。

「父上、わたしもいただきます」

　俊太郎が真面目に言い、三人は吹き出した。

そこは、音羽町《おとわ》と佐内町《さない》の境の小路《こうじ》に軒行灯《のきあんどん》をさげる京風小料理屋の《桔梗《ききょう》》である。

料理人の吉弥《きちや》と娘の十七歳のお諏訪《すわ》の二人で、きり盛りをしている。

お玉が池からの戻りの夕刻だった。

四人は表《おもて》店《だな》から店奥へあがった三畳の座敷にいた。

「昼間、この子の用でお玉が池へいった帰りなのだ。どうしてもきたいと言うものだから、連れてきてしまった」

「いいじゃありませんか。今夜は仕事が抜きなんだし。坊っちゃん、お玉が池の御用はもうすんだんですね」

「はい。すみました。道場で父上の、立ち合いを見ました」

「立ち合い？　そいつは凄い。旦那、何かあったんですか」

宮三が真顔になって龍平に訊いた。

「うん。ちょっと事情があってな」

「俊ちゃん、旦那の立ち合いを見て、どうだった？」

と、それは寛一が訊いた。

「よくわからないけど、凄かった」

俊太郎が昼間のことを思い出したのか、座敷に灯《とも》した行灯《あんどん》の明かりでもわかるほどに顔を赤らめた。

「そうだよね。旦那の剣は凄いよね。旦那の一刀流は、一刀の龍の一刀龍《いっとうりゅう》なんだぜ。凄いに決まってるさ」

俊太郎は真剣な顔つきで頷いた。

「寛一、大袈裟《おおげさ》だよ」

龍平が制した。

「大袈裟じゃねえっすよ。ねえ、親分」

「うん。大袈裟じゃねえ。凄い。本当に凄い」

宮三が相槌《あいづち》を打った。

ぽかんと、俊太郎が龍平を見た。

「なんにしても、親分、寛一、このたびは世話になった。これからも頼む。今夜はゆっくりやろう」

「へい。こちらこそよろしく。と言っても、酒がまだのようで」

宮三が笑ったところへ、「ごめんなさい」とお諏訪の声が襖《ふすま》の外でした。

襖が開きお諏訪が盆に天ぷらや焼魚、煮付けの料理を膳《ぜん》に載せて運んできた。

「はい。俊太郎坊っちゃんのご飯を先に持ってきました」

諏訪が言い、俊太郎の前に膳を置いた。

「お諏訪、酒はまだかよ」

寛一が急《せ》かした。

「慌てないで。すぐに持ってくるから。俊太郎坊っちゃんの方が先に決まっているでしょう。ねえ、龍平さん」

と、龍平にはいつものように龍平さんと呼ぶお諏訪の屈託《くったく》のない調子がなぜかおかしくて、三人の男たちは高笑いをあげた。

二

翌日、奉行所から帰った龍平の着替えを、妻の麻奈が手伝っていた。

だいぶ這《は》って動き廻るようになった菜実が、龍平の足元へきて見あげた。

菜実が龍平に何か言った。

「今日は何があったか、話してくれているのかい」

龍平は菜実を抱きあげ、縁側に出た。

夕方七ツ半（午後五時頃）のまだ明るい夏の庭に、銀木犀《もくせい》の灌木《かんぼく》が葉を繁らせていた。

菜実のはしゃぎ声が心地よく、愛おしさが募った。

座敷では麻奈が、龍平の脱いだ定服《じょうふく》の黒羽織を衣紋掛《えもんかけ》にかけ、白衣《びゃくえ》を畳んでいる。

「俊太郎は、お出かけか」

龍平は麻奈に声をかけた。

「はい。相変わらず、遊び一辺倒で走り廻っておりますよ」

「そうか。そりゃあ楽しくていいね。なあ菜実。おまえもすぐ、兄上の後を追いかけて走り廻るようになるんだろうな」

菜実が一所懸命応えた。

「そう言えば、今朝、あなたが勤めに出た後、俊太郎が剣を習うことはしばらく考えると言っておりました。妙に大人びた素ぶりで。昨日、北村さまのお屋敷で、何かあったのですか」

着物を畳みながら麻奈が訊いた。

「何も、ないがな」

龍平は菜実をあやしながら言った。

「どうしてなのって訊ねましたら、天にのぼる龍と書いて一刀龍がどうのこうのと、言っておりました。なんのことなのって訊きなおしたら、いいんです、女にはわかりません、って言うんですよ。生意気に。なんだか悔しかったわ」

龍平は、くすくすと笑った。

母上には内緒にしておこうな、と言ったのは龍平だった。

俊太郎は「はい」と応え、何やら考えているふうだった。

「なんにも、ねえよ」

と、龍平は八丁堀言葉を真似て言った。

麻奈が、ふふ、と鼻で笑った。

「八丁堀言葉は、そんなねとねとした調子ではありませんよ。もっとしゃきっとして、さらさらしてないとだめなんです」

「ふうん、そんなものかね」

「そんなものですよ」

麻奈はいつの間にか龍平の傍らへ立って、龍平の腕の中の菜実の丸い頬を指先でつつき、

「ねえ菜実、あなたもそう思うでしょう」

と言った。

ふん——と菜実が応え、頷いたように顔を動かした。

注・本作品は、平成二十二年十一月、学研パブリッシング（現・学研プラス）より刊行された、『日暮し同心始末帖　冬の風鈴』を著者が大幅に加筆・修正したものです。

冬の風鈴

一〇〇字書評

切り取り線

購買動機（新聞、雑誌名を記入するか、あるいは○をつけてください）	
□（　　　　）の広告を見て	
□（　　　　）の書評を見て	
□ 知人のすすめで	□ タイトルに惹かれて
□ カバーが良かったから	□ 内容が面白そうだから
□ 好きな作家だから	□ 好きな分野の本だから

・最近、最も感銘を受けた作品名をお書き下さい

・あなたのお好きな作家名をお書き下さい

・その他、ご要望がありましたらお書き下さい

住所	〒				
氏名		職業		年齢	
Eメール	※携帯には配信できません		新刊情報等のメール配信を 希望する・しない		

この本の感想を、編集部までお寄せいただけたらありがたく存じます。今後の企画の参考にさせていただきます。Eメールでも結構です。

いただいた「一〇〇字書評」は、新聞・雑誌等に紹介させていただくことがあります。その場合はお礼として特製図書カードを差し上げます。

前ページの原稿用紙に書評をお書きの上、切り取り、左記までお送り下さい。宛先の住所は不要です。

なお、ご記入いただいたお名前、ご住所等は、書評紹介の事前了解、謝礼のお届けのためだけに利用し、そのほかの目的のために利用することはありません。

〒一〇一－八七〇一
祥伝社文庫編集長　清水寿明
電話　〇三（三二六五）二〇八〇

祥伝社ホームページの「ブックレビュー」からも、書き込めます。

www.shodensha.co.jp/bookreview

祥伝社文庫

冬《ふゆ》の風鈴《ふうりん》　日暮《ひぐら》し同心始末帖《どうしんしまつちよう》

平成28年7月20日　初版第1刷発行
令和6年7月25日　第12刷発行

著者　辻堂《つじどう》魁《かい》
発行者　辻　浩明
発行所　祥伝社《しようでんしや》
東京都千代田区神田神保町3-3
〒101-8701
電話　03（3265）2081（販売部）
電話　03（3265）2080（編集部）
電話　03（3265）3622（業務部）
www.shodensha.co.jp
印刷所　堀内印刷
製本所　ナショナル製本
カバーフォーマットデザイン　中原達治

Printed in Japan ©2016, Kai Tsujidou ISBN978-4-396-34233-3 C0193

祥伝社文庫の好評既刊

辻堂 魁　はぐれ烏《がらす》　日暮し同心始末帖①

旗本生まれの町方同心・日暮龍平《ひぐれりゅうへい》。実は小野派一刀流の遣《つか》い手。北町奉行から凶悪強盗団の探索を命じられ……。

辻堂 魁　花ふぶき　日暮し同心始末帖②

柳原堤《やなぎわらづつみ》で物乞いと浪人が次々と斬殺された。探索を命じられた龍平は背後に見え隠れする旗本の影を追う！

辻堂 魁　天地の螢　日暮し同心始末帖④

連続人斬りと夜鷹の関係を悟った龍平。悲しみと憎しみに包まれたその真相に愕然とし――剛剣《ごうけん》唸る痛快時代！

辻堂 魁　逃れ道　日暮し同心始末帖⑤

評判の絵師とその妻を突然襲った悪夢とは――シリーズ最高の迫力で、日暮龍平が地獄の使いをなぎ倒す！

辻堂 魁　風の市兵衛

さすらいの渡り用人、唐木市兵衛《からきいちべえ》。心中事件に隠されていた奸計《かんけい》とは？〝風の剣〟を振るう市兵衛に瞠目！

辻堂 魁　雷神　風の市兵衛②

豪商と名門大名の陰謀で、窮地に陥った内藤新宿の老舗。そこに〝算盤《そろばん》侍〟の唐木市兵衛が現われた。